贾平凹文选

散文卷

说 话

28

贾平凹／著　作家出版社

目 录

观看世界杯足球赛

空白（诗集）

随手写下的短句（诗集）

人　家

贺州见闻

一

从桂林往贺州去，一路都是山。这山很奇怪，有断无续，散乱着全是些锥形，高倒不高，人却绝对上不去。山还能长成这样？想着是上天把一张耙翻过来的吧，满是了耙齿。

据说这里曾经是山与海的争斗之地，厮杀得乌烟瘴气，至今人们还习惯多吃姜蒜，而现在作为特产的黄腊石，可能也是那时凝固的血。后来，海面淹没山的时候，海气竭而死，山也只残存了峰头。

高速路就在这样的山中穿行，偶尔到一处了，山突然就躲闪开来，阔地上便有了楼房屋舍，少的就是村镇，多的则为县城了。而躲开的山远远蹲着，好像是栽了桩要围篱笆，也好像是狗在守护。

我还纠结着那场山与海的战争：多大的海呀就死了，水原来也是一粒一粒的，水死成了沙子?！

二

贺州有许多古镇，我去了黄姚。黄姚是在一个山湾里，河流又在镇子中。水在曲处有桥，桥头桥尾有树。桥都很质朴，巨形的石板相互以石榫接连了平卧在水面，树却枝股向四面八方的空中张扬，且从根到梢挂满了菟丝女萝，在风里似乎还要飞起来。桥前树后都是人家，街巷便高低错落，弯转迂回，从任何一处进去也能游遍全镇，而走错一个岔口了，却是半天不得回来。

街巷里货栈店铺很多，门面都有小造型，或挂了幌旗，或吊上灯笼，布置了真花和假花，甚至一根麻绳拴了硬纸片儿就在门环上："只做你爱吃的味道"，"女人不可百日无糖"，"老地方今夜有梦"，"我有酒，你有故事吗？"老板或许是文艺青年，招揽着小情小调的顾客，觉得有些花哨和轻浮，想想这也是时代风尚，便浅浅地笑了。

但那挑着担子叫卖的油茶，用竹签扎着吃的菜酿，以及小摊上的山稔子、黄荆子、野百合、五指毛桃，使你知道了这里的特产和特色。更有街巷里的黑石路，千人万人走过了，已经漆明油亮，傍晚时还闪动着光辉，它是一直在明示着镇子上千年的历史。

我在那里故意滑了一跤，用手去抚摸像皮肤一样细腻的路面，我知道，路面也同时复印了我的身影。

三

在乡下人家院里，见墙边放着数个带孔的陶罐，陶罐里养着蛙，问其缘故，回答是：防贼的。先是不解，蓦地明白，拍手叫好。一般防贼都是养狗，狗多是在打盹，要是有贼，它就扑着叫，而蛙平常爱说话，贼一来，却噤声了。世上好多不祥事，总有人抗议，也总有人沉默，沉默或许更预警。

四

走潇贺古道，顺脚进了一个村子。村东头是座戏台，台柱上贴了张青龙神位的纸条，摆着个香炉，村西头有间屋楼，楼檐上贴了张白虎神位的纸条，也摆着个香炉。在村巷中转悠，怪石前有香炉，古树下有香炉，碾子、酒坊、石井、磨棚都有香炉。到一户人家里，上房厢房厦屋后院到处放的是菩萨、天师、财神、灶王，还有祖宗牌位，还有关公钟馗的画像，甚至那门上钉着个竹筒，里边插了香，在敬门神。我们一行人正感叹：诸神充满！就见一个老者走过来，面如重枣，白胡垂胸，但个头矮小，肚腹硕大，短短的两条胳膊架着前后晃动。我说：咦，这像不像土地爷？同行的人看了，都说像。

五

贺州人长寿，眼见过几十位都是百岁以上，考察他们的养生秘诀，好像并没有什么，只是说早晚喝油茶，顿顿有菜酿。

这油茶不是那种茶树籽榨出的油，也不是用炒面做成的茶羹。而是把老姜和大蒜切成碎末和茶叶搅和一起在鏊子里炒，炒出了香，就用小木槌捣砸，然后起火烧锅，还要捣砸，边添水边捣砸，不停地捣砸，直到汤汁煮沸，捞去渣滓，油茶就做好了。菜酿的酿原本是一种面皮包馅的蒸煎烹煮法，但这里不产面粉，就用豆腐、辣椒、冬瓜、鸡皮、桃子、香蕉、猪肠、萝卜、兔耳、瓜花、茄子、豆芽、韭菜，没有啥不可包上肉馅、菇馅、花生馅来酿了。

我是喝第一口油茶时，觉得味怪怪的，喝过一碗，满口生香，浑身出汗，竟然上了瘾，在贺州的那些日子，早晚要喝两碗。菜酿也十分对胃口，吃饱了还再吃几个，每顿都鼓腹而歌。我说我回西安了，也试着做油茶菜酿呀，陪我们的朋友说那不行的，这里曾经有人去了外地开专卖店，但都因味道变了失败而归。这或许是有这里气候的原因、水的原因、所产的食材原因，或许也是天意吧，只肯让贺州人独爱。

那么，我说，要长寿就只能以后多来贺州了。

二〇二〇年三月五日

蛙　事

世上万物都分阴阳，蛙就属于阴，它来自水里。先是在小河或池塘中，那浮着的一片黏糊糊的东西内有了些黑点；黑点长大了，生出个尾巴，便跟着鱼游。它以为它也是鱼，游着游着，有一天把尾巴游掉了，从水里爬上岸来。

有两种动物对自己的出身疑惑不已，一种是蝴蝶，本是在地上爬的，怎么竟飞到空中？一种是蛙，为什么可以在湖河里又可以在陆地上？蝴蝶不吭声的，一生都在寻访着哪一朵花是它的前世，而蛙只是惊叫：哇？哇！哇?！它的叫声就成了它的名字。

蛙是人从来没有圈养过却与人不即不离的动物，它和燕子一样古老。但燕子是报春的，在人家的门楣上和屋梁上处之超然，蛙永远在水畔和田野，关注着吃，吃成了大肚子，再就是繁殖。

蛙的眼睛间距很宽，似乎有的还长在前额，有的就长在额的两侧，大而圆，不闭合。它刚出生时的惊叹，后来可能是看到了湖河或陆地的许多秽事与不祥，惊叹遂为质问，进而抒发，便日夜哇声不歇。愈是质问，愈是抒发，生出了怒气和志气，脖子下就有了大的气囊。春秋时越王勾践为吴所败，被释放的路上，见一蛙，下车恭拜，说：彼亦有气者?！立下雪耻志向，修德治兵，最终成了春秋五霸之一。

谐音是中国民间的一种独特思维，把蝙蝠能联系到福，把有鱼能联系到有余，甚至在那么多的刺绣、剪纸、石刻、绘图上，女娲的造像就是只蛙。

我的名字里有个"凹"字，我也谐音呀，就喜欢蛙，于是家里收藏了各种各样的石蛙、木蛙、陶蛙、玉蛙和瓷蛙。在收藏越来越多的时候，我发觉我的胳膊腿细起来，肚腹日渐硕大。我戏谑自己也成一只蛙了，一只会写作的蛙。

或许蛙的叫声是多了些，这叫声使有些人听着舒坦，也让有些人听了胆寒。传说毛泽东写过蛙诗：独坐池塘如虎踞，绿荫树下养精神，春来我不先开口，哪个虫儿敢作声。但蛙也有不叫的时候，它若不叫，这个世界才是空旷和恐惧。我在广西的乡下见过用蛙防贼的事，是把蛙盛在带孔的土罐里，置于院子四角，夜里在蛙鸣中主人安睡，而突然没了叫声，主人赶紧出来查看，果然有贼已潜入院。

虽然有青蛙王子的童话，但更有"癞蛤蟆想吃天鹅肉"的笑话，蛙确实样子丑陋，暴睛阔嘴，且短胳膊短腿的，走路还是跳着，一跳一拃远，一跳一拃远。但我终于读到一本古书，上面写着蟾蜍、癞蛤蟆都是蛙的别名，还写着嫦娥的名字原来叫恒我，说：昔者，恒我窃毋死之药于西王母，服之以奔月。将往，枚占于有黄。有黄占之曰：吉，翩翩归妹，独将西行，逢天晦芒，毋惊毋恐，后且大昌。恒我遂托身于月，是为蟾蜍。

啊哈，蛙是由美人变的，它是长生，它是黑夜中的月亮。

二〇二〇年三月十九日

眼　睛

一开窗，天上正经过一架飞机。于是风在起波，云也翻滚，像演了戏，模拟着世上所有的诡谲和荒诞。那些还亮着残光的星星，便瑟瑟不安，最后都病了，黯然坠落。

远处垭口上的塔，渐渐清晰，应该有风铃声吧，传来的却是一群乌鸦扇着翅膀在咯哇。

高高低低的房子沿着山根参错，随地赋形，棱角崭然，这条小街的形势就有些紧张。那危石上的老松，原本如一个亭子，现在一簇簇针一样的叶子都张扬了，像是披挂了周身的箭。

家家开始生火做饭了，烟从囱里出来，一疙瘩一疙瘩的黑烟，走了魂地往出冒。

一堵墙，其实是牌楼，檐角翘得很高，一直想飞的，到底还是站着。影子在西边瘦长瘦长的，后来就往回缩，缩到柱脚下了，是扔着的一件破袄，或者是卧了一只狗。

斜对面的场子边，突出来的崖角上往下流水，水硬得如一根银棍就插在那个潭窝里。有鸡在那里喝水，一个小孩趔趔趄趄地也去喝水，他拿着一只碗去接，水到碗里水又跑了，怎么都接不住。

灰沓沓的雾就从山顶上溜下来了，是失了脚地溜，一下子跌在街的拐弯那儿，再腾起来成了白色的气，开始极快地涌过来。有人吃醉了酒，鬼一样地飘忽着，自言自语。但他在白气里仍然回到了自己家，没有走错门。

那个屋檐下吊着旗幌的门口，女人把门面板一页一页安装合拢了，便生起了小炉。一边看着湿漉漉的石板街路，一边熬药。

一个夹着皮包的人已经站在楼下的台阶上，拿着一张纸，在给店主说：这是文件，从北京到的省里，从省里到的县里，县里需要你们认真学习。店主啊啊着，在刮牙花子，抹在纸的四角，再把纸直接贴在了门上。

窗子关上了，窗子在褪色：由亮到灰，由灰到黑，全然就是夜了。拉开了灯，灯使屋子在夜里空空荡荡。空荡里还有着光和尘，细菌和病毒呀，用力地挥打了一下，任何痕迹都没有留下。

突然手机在桌面上嘶叫着打转儿，像是一只按住了还挣扎的知了。机屏上显示的是那个欧洲朋友的名字。

还是坐下来吧。久久地坐在镜子前，镜子里是我。

我是昨天晚上从城里来到了秦岭深处的小镇上，一整天都待在这两层楼的客栈里。我百无聊赖地在看着这儿的一切，这儿的一切会不会也在看着我呢，我知道，只有我看到了也有看我的，我才能把要看的一切看懂。

二〇二〇年三月二十四日

牛羊角

"文革"第三年，我在南峪沟表叔家。县联指总部命令南峪沟联指赶送一批牛羊，任务交给表叔，我也跟了去。那次要赶送的有牛十头，羊五十二只，表叔就背了枪，以防途中遇到豺狼。我说：咱有牛羊，牛羊有角，还怕豺狼？表叔说：牛羊的角都弯曲着，角尖又都朝后，那是作势了吸引异性的，再就是为了打架，不能御豺狼的。

一路上，果然是公牛公羊追逐母牛母羊，队形混乱，更是不时就有牛和牛、羊和羊打架了，双方都是暴怒，低着头，两米之外就冲上去，砰，角根撞角根，响声极大。后来在七里峡还是遇着了豺狼，豺狼刚在那崖头一叫，牛羊就哀声一片，四处逃散。亏得表叔开了枪，豺狼顺着崖跑了，牛羊才集合起来。

这批牛羊被赶送到县城，屠宰后，牛鞭和羊蛋留在了总部小灶上，别的分给了各支队。牛头羊头煮烂剔了肉堆在院角，我发现它们的牙齿整齐而洁白。

二〇二〇年三月三十日

人　家

在秦岭，去一户人家。院子没有墙，是栽了一圈多刺的枳篱笆，篱笆外又是一圈荨麻。我原本拿着棍，准备打狗的，狗是不见，荨麻上却有螫毛，被蜇了胳膊，顿时红肿一片，火烧火燎。

主人是老两口，就坐在上房台阶上，似乎我到来前就一直吵着，听见我哎哟，老婆子说：馍还占不住你的嘴吗？顺手从门墩上拿起一块肥皂，在上边唾几口，扔了过来。我把肥皂在胳膊上涂抹了一会儿，疼痛是止了，推开篱笆门走进去。

你把棍扔了，老头子说，你防着狗，我们也防着你么。

他留着一撮胡子，眼睛里白多黑少，像是一只老山羊，继续骂骂咧咧，嘴里就溅出馍渣来。一只公鸡在他面前的地上啄，啄到脚面上的馍渣子，把脚啄疼了，他踢了一下公鸡。

老婆子已经起来从台阶下来，她的腿脚趔趄着，再到院角的厨房去，一阵风箱响，端了碗经过院子，再上到上房台阶。院子里的猪槽、捶布石，还有一个竹篓子，没能绊磕她。她说：没鸡蛋了，喝些牡丹花水吧。

牡丹花水？我以为是用牡丹花煮的水，接过碗，水是白开水。

哦，我笑了一下，说：这里还有牡丹？

咋没牡丹，我就是种牡丹的。

老头子是插了一句，径自顺着牡丹的话头骂起来。骂这儿地瘦草都生得短，人来得少门前的路也坏了，屋后那十二亩牡丹，全是他早年栽种的。那时产的丹皮能赚钱，比种苞谷土豆都划算。苞谷是一斤×毛×分，土豆是一斤×毛×分，怎么能不栽种牡丹呢？日他妈，他咳出一口痰来，要唾给公鸡，却唾在公鸡背上。现在牡丹长得不景气了，收下的丹皮也卖不了，没人么，黄鼠狼不来来谁呀，来了一次，又能来两次，拉的全是母鸡。拉母鸡哩，咋不把你也拉去?!

老婆子手在空中打了两下，好像要把他的话打乱，打乱了就不成话了，是风。她说：水烧开了，翻腾着不就是和牡丹花开了一样么，你是城里来的?

是城里来的。

我儿也在城里!

在城里哪个部门?

老头子又骂起儿子了，说屁部门，浪荡哩！五年前还跟着他栽种牡丹卖丹皮哩，这一跑就再没影了，他腿脚不行了，卖丹皮走不到沟外的镇子去。日他妈，养儿给城里养了!

秦岭深似海，我本是来考察山中修行人的，修行人还没找到，却见着了很多这样的人家。遂想起我在城里居住的那幢楼上，就有着五六个山里的孩子合租着一间房子，他们没有技术，没有资金，反靠着打些零短工为生，但都穿着廉价的西服，染了黄头发，即便只吃泡面，一定要在城里。

是树就长在沟里么。老头子说，要到高处去，你站在房顶了，缺水少土的，就长个瓦松?!

我儿是个菟丝子，纠缠它城里又咋啦？老婆子说，他说他挣下好日子了，还接咱去城里哩。

你就听他谎话吧!

啥树上的花全都结果啦？有谎花也有结果的花么。

老两口就再次吵起来，他们可能是吵惯了，吵起来并不生气，就那么你一句我一句，不紧不慢，软和着嘴。

我站在那里，先还尴尬着，后来就觉得有趣，我说我会掏钱的，能不能给我做顿饭呢？老婆子说：做啥饭呀？老头子说：你还能做啥饭？熬碗糊汤，弄个菜吧。老婆子说：弄啥菜？老头子说：树上不是有熟菜么，这你也问我?!

院子里有两棵树，一棵是紫薇，一棵是香椿。老婆子拿了竹竿在夹香椿树上的嫩芽，嫩芽铁红的颜色，倒像是开着的花。我过去帮着捡掉在地上的香椿芽，她嘟囔说：他说我没生下好儿，种瓜得瓜种豆得豆，那怪地呀？我应该噎住他，刚才倒没想出来。

却突然问我：你知道燕麦吗？

我说：知道呀，麦地里长的一种草。

她说：那不是草，燕麦也是麦么。

我说：你是说你儿？

她说：我儿好着哩，燕麦就要长到麦地里，你越要拔它，它越疯长哩。

我靠在了紫薇树上，树叶都是羽状，在哗哗地响，这树是想飞的。

吃过了饭，老两口又开始吵嘴，我离开了继续往深山去。黄昏时经过另一个村子，也就七八户人家，村口的一丛慈竹下是座碾盘，碾盘旁站着几只狗，而一只一直坐着，坐着的狗比站着的狗高。

二〇一八年一月十五日

一块土地

这是 ×× 给我说的，他说，那块地并不大，总共十八亩二分五，他们习惯于说是十八亩地。

十八亩地很平整，但北头窄，南头稍宽些，西边有一条水渠，水渠一拐，朝别的地方去了，拐弯处长了棵梧桐树。十八亩地里冬天种麦，夏天种苞谷，庄稼长得好不好，他那时太小，只有两岁吧，并不理会，他只关心着那棵梧桐树上会不会来凤凰。梧桐树是沙百村里最粗的树，树冠特别大，也特别圆，风一吹，就软和了，咕涌咕涌地动。大人们都说，梧桐树上招凤凰，但他从来没见过凤凰，来的全是黑羽毛鸟，一落进去就不见了。

那时候，他的太爷还在，太爷鼻子以下都是胡子，没有嘴。他记得有一阵太爷总是去十八亩地，从地北头走到地南头，再从地南头走到地北头，来回地走。太爷在地里走着就背了手，腿好像没了膝盖，直戳戳地往前迈一步，再迈一步，像是不会走路似的。从渠沿上走过的人说：啊爷，你咋天天都量地哩？

太爷说：我有么！

那人说：那原本就是你的么。

太爷瞪了一眼。

太爷为什么要瞪人家，他不知道原因，后来是爷告诉了他。爷的爷初来乍到沙百村，这里还是一片狼牙刺滩，一家人起早贪黑硬是挖掉了狼牙刺，搬走了石头，才修出来了十八亩地。但在太爷三十岁的那一年，房子着了大火，把什么都烧成了灰，十八亩大地就卖给了村里的马家，太爷还从此给人家吆马车。

太爷在用步子丈量着十八亩地，村子里正叮叮咣咣地敲锣鼓。锣鼓差不多都敲过十天半月了，还是敲，那是一套新置的响器，敲起来他总以为要敲烂了，可就是敲不烂。

锣鼓敲到谁家，谁家就拿一条红被面来挂彩，快到他家时，太婆舍不得把红被面拿出来。记得太爷站在上房台阶上吃水烟，太爷每天丈量一遍十八亩地回来都要吃水烟，说：你呀你呀，新社会了么！

他那时不晓得什么是社会，社会又怎么是新的了。

太爷说：土地改革了呀！

太爷在十八亩地里种了麦子，麦子长势很好，风一起，麦地里就旋了涡，风好像有双大脚，一直在那里跳舞。可是，麦子刚刚泛黄，眼看着都要搭镰了，太爷却死了。

太爷他没福。

沙百村的坟地都是在村东那个堆料礓石的高岗子上的，只有太爷的坟埋在梧桐树下。太爷临死前给太婆交代，这十八亩地是极力要求分回来的，宁愿一个人孤孤单单，一定要埋在十八亩地里。太婆和太爷一辈子意见不合，平日一个说要这样，另一个偏要那样，太婆说：啊这一回听你的。就把太爷埋在了梧桐树下。

村里有人说，太婆真不该把太爷埋在十八亩地的，可能太爷知道太婆不顺听他的话，故意反说的，太爷哪里会舍得让坟占用十八亩地呢？他们就提起太爷的往事，说马家不仅在沙百村的土地多，在西安城里仍还有一个骡马店，太爷就每日从渭河码头上到城里的钟楼下，又从城里的钟楼下到渭河码头上吆马车拉客。冬季的夜里吆完最后一趟马车，钟楼下就有个老妓女等太爷，太爷便给她买两碗热馄饨，她可以整夜把太爷的一双脚抱在怀里暖热。这老妓女后来就是他的太婆。但这话爷不让后辈人说，他爹不说，他也不说。

其实，太爷的事情他记得的并不多。记得深刻的还是他爷。爷对十八亩地更是上心，种麦，种苞谷，也种豌豆和芝麻，地堰砌得又细又直，地里的土疙瘩都磕得碎碎的，更不能有一棵杂草。沙百村人在很长的时间里流传着一个笑话，说爷有一次进城，沙百村离城有十里路，爷感觉要大便呀，就往回赶，须要把粪屙在十八亩地里，但终究没憋住，半路上屙了，却还屙在荷叶上提回来倒在地里。这笑话或许是编的，但他亲眼看过爷在吃土。那是一个秋后，十八亩地犁过种麦，麦苗还没出来，爷领着他在地里走。爷一直鼻孔张大地吸，他说爷你吸啥哩？爷说你没闻到土气香吗？他闻不出来，爷就从地上捏一把土，捏着捏着，竟把一小撮塞在嘴里嚼起来了，吓了他一跳。

他说：爷，爷，你吃土哩？

爷说：吃哩。

他说：爷是蚯蚓。

爷呵呵呵地笑了，说：蚯蚓？啊，蚯蚓，爷是蚯蚓。

后来，爷就当了村长。当了村长，爷就走方字步，而且每次出门，都要披一件衣服，冬天里披的是棉袄，夏天里披的是褂子，在村道里走，人人见了都问候。爷怎样经管着村子，他不甚清楚，但在爷当村长的几年里，沙百村一下子成了远近闻名的先进村。

在一年夏天，有个风水先生来到村里，看了沙百村地形，认为沙百村并没什么出奇处呀，就见到爷，怀疑是不是村长的祖坟穴位好，爷带着就去了十八亩地。才走到水湾拐弯那儿，爷却让风水先生等一等。风水先生问为啥？爷说：一群孩子在地南头偷吃豌豆哩，咱突然去了会吓着他们。风水先生哦了一声，不再去看穴位，说：我明白了，全明白了。

是过了两年吧，村里又是敲锣打鼓，叮叮咣，叮叮咣，他还是操心着锣鼓要敲烂了，可锣鼓就是敲不烂。爷当然也是参加了锣鼓队，但敲完锣鼓回来，婆在问爷：咋又敲锣鼓哩？

爷说：社会又变呀。

婆经过土改，以为又要分地，说：村里不是地都分完了吗？

爷说：要收地呀。

这就是成立了人民公社，沙百村各家各户的土地都收了，十八亩地也收了，所有的土地都归于集体。

村子里架起了高音喇叭，喇叭是个大嘴，整天在说着人民公社好。但是爷不久就病了，爷的病先是眼睛黄，后来浑身黄，黄得像土，再就是肚子胀，汤米不进。沙百村成了人民公社的一个生产队，生产队选队长，选的还是爷，爷已经领不了社员们去拔界石、扒地堰，平整大面积耕地了。睡倒了一个月，到了初秋，爷突然精神好些，要家里人挽着去十八亩地。家里人挽着他到梧桐树下，爷说：噢芝麻开花了。头一歪，在爹的怀里咽了气。

爷死后没有埋在十八亩地里，因为十八亩地已经不属于他家，爷埋在了村东堆料礓石的高岗子上。太爷的坟堆也平了，清明节去祭奠，只在梧桐树下烧纸。

十八亩地再不可能还种豌豆和芝麻了，它是村里最好的三块地之一，秋季全种了苞谷。苞谷秆上结了棒子，像牛的犄角，他总感觉十八亩地里是摆了牛阵，牛随时就会呼啸着跑了出来。

那些年里，吃粮吃菜连同烧锅的柴火都由生产队按工分的多少来分的，人开始肚子吃不饱饭，猪也瘦得长一身的红毛。沙百村的人几乎都成了贼，想着法儿偷地里的庄稼，他也就钻到十八亩地里将套种在苞谷里的黄豆叶子。将黄豆叶子时连黄豆荚一块儿将，拿回家猪吃叶子，人煮了豆荚吃。他是先后去将过三次，第四次让队长发现了，队长夺了笼筐，当场就用脚踏扁了。

他说：这十八亩地原本是我家……

队长说：你说啥？你再说？！

队长扇了他一个耳光，他就没敢再说。

他回到家要把挨打的事说给爹的，爹却正把那套锣鼓往他家的土楼上放，他以为又要敲锣鼓了。爹告诉他这套锣鼓一直在常三爷家，常三爷年纪大了，常三爷的儿子老谋着要把锣当烂铜烂铁卖了去买黑市粮呀，常三爷就让爹存到他家的。

这锣鼓从此就放在他家的土楼上，再也没有敲过。有一年村里有个叫朱能的人来他家借小米，他家没有秤，也没升子，朱能说你家不是放着锣吗，给我量上一锣。他爹到土楼上取锣，锣里竟然有一窝新生的老鼠。用锣量了一锣小米，朱能却是把那一锣小米做了干饭，一顿吃了。

朱能坏了村子的名誉，周围生产队的人都在嘲笑，说沙百村的人是饿死鬼托生的。

在他七岁的那年，娘得了一种病，就是腰越来越弯，好像她背上老压着个大沙袋似的，眼睛再也看不到了天。爹把他寄养在了城里的姑家，就在那里上学。村里的事自那以后他便知道得少了，只晓得爹在后来像太爷年轻时一样，吆起了马车。但爹吆马车不是去拉客，爹是到城里拉粪车。每个星期六了，爹都要来姑家的那个大杂院收粪水，辕杆上就吊一个麻袋，里边装着红薯，或者是白菜和葱，放到姑家了，便在厕所里淘粪，然后一桶一桶提出去倒在马车上的木罐里。那匹老马很乖，站着一动不动，无论头是朝东还是朝西，尾巴老是朝下。淘完了粪，爹是不在姑家吃饭的，带着他回沙百村过星期天，他便坐在辕杆上。

他是每个星期六都坐粪车的，一直坐到了中学毕业。

这期间发生了多少事啊，比如，他娘死了，他爹摔断过腿，头发一根一根全白了，他又上了大学，大学毕业再在一家报社上班。

就在他再一次回到沙百村，要把辞退工作准备经商的想法说给爹，他记得清清楚楚，那一天他家的院子里拥了好多人。这些人在从土楼上往下取锣鼓，鼓是皮松了，重张拉紧钉好，而锣也锈了几处，敲起来还是震耳欲聋。他那时真笨，以为他们要闹社火，还纳闷着沙百村从来就没有闹过社火呀。

院子人说：征地啦，征地啦！

他说：土地又改革呀？

院子人说：你还是城里人哩，你不知道征地？！

他当然知道征地，好多城中村都征地盖楼房了，可他哪里能想到，沙百村距城这么远的，怎么就征到了这里的地！

沙百村的锣鼓叮叮咣咣敲动着，沙百村果真是被征了地，不仅是征了耕地，连村子都征了。因为沙百村西边的三个村子原是唐代的皇家公园旧址，现在要恢复重建，周围十几个村子都得搬迁。

那个晚上，沙百村人都在高兴，这地一征，社会又变了么，他们终于不再是农民了，以后子子孙孙永远不是农民了，而且每家还领到了一大笔补贴费，就筹划着该怎么使用这些钱了：去大商场租个柜台吧，从广州上海进货，做服装生意，却又担心如果货卖不出去怎么办？最可靠的还是在街上去摆地摊吧，或者推个三轮车去卖早点。他爹却在屋里喝闷酒，喝了半瓶子，喝得一脸的汗都是油。

爹说：你爹真的也不是农民了？

他说：没地了，当然不是农民么。

爹却说咱到十八亩地去。

他能理解爹的心情，以前分了地，又收了地，地还在沙百村，天天都能看到，现在却要离开沙百村，十八亩地说不定做什么用场，就再也没有了呀。他陪爹去了十八亩地。那一夜月亮很高，爹又像太爷一样，反背着手，腿也没了膝盖，直直地一步一步从地北头走到地南头，从地南头走到地北头。走了七八个来回，爹的腿一软就跪在地上磕头。他不知道爹是给十八亩地磕头哩，还是给埋在十八亩地里的太爷磕头。

爹离开了沙百村，搬住到了城西南角新建的小区，把家里的什么都带去了，包括那一套锣鼓。但爹过不惯住高层楼的生活，说老觉得楼在摇，晚上睡不踏实。

他不能陪爹呀，先还是十天半月去看望一次，后来三四个月也难得来，因为他的公司经营外贸生意，生意又非常好，而且在积累了一定资金后，他也开始进入房地产市场。

城市发展确实很快，像湖水一样向四边漫延着扩张，那个唐代的皇家公园在三年内就恢复重建了，果然成了西安最现代也最美丽的地方，原先二十万一亩征去的土地，地价开始成了四百万一亩，纷纷建造了别墅，别墅已卖到两万元一平方米。还未开发的那些地方，政府都用围墙圈着，过一段时间，拍卖一块，再过一段时间，再拍卖一块。

当然，每次拍卖会他都去参加的，每次参加了都铩羽而归，因为价钱实在是太高了。但当又一次召开拍卖会，拍卖的是沙百村那一片面积，他竭力竞争，他的实力不可能拿下整个沙百村，却终于得到了那十八亩地的开发权。

他把这消息告诉了爹，爹雇了一辆三轮车把那一套锣鼓拉到了十八亩地里，和他公司的员工整整敲了三天三夜，叮叮咣，叮叮咣，这一回鼓敲得散了架，锣真的就烂了。

他说，这十八亩地他要得到，就是倾公司的所有力量，一定要得到，得不到他就得疯了。他确实有些孤注一掷，甚至是变态了。他在给他的员工讲道理，他说十八亩地，是他看到的也是经过的，收了，分了，又收了，又分了，这就是社会在变化。社会的每一次变化就是土地的每一次改革，这土地永远还是十八亩呀，它改革着，却演绎了几代人的命运啊！

××说完了他的故事，我让他带我去十八亩地看看，十八亩地果然还被围墙围着，地很平，没有庄稼，长着密密麻麻一人多高的蒿草。水渠已经没有了，那棵梧桐树还在。那真是少见的一棵树呀，树干粗得两个人才能抱住，树冠又大又圆。突然，地的南头嘎喇喇一声，飞起了一只鸟，这鸟的尾巴很长，也很好看，我们立即认出那是野鸡，就撵了过去。野鸡还在草上闪了几下，后来再寻就不见了。

怎么会有野鸡？野鸡是能飞的，但它飞不高也飞不远，围墙之外都是楼房，它是从哪儿来的？我们都疑惑了。

我说：是不是沙百村原来就有野鸡？

他说：这不可能，我从来没在村里见过野鸡。

我想，那就是这十八亩地被围起来后，地上自生了蒿草也自生了野鸡。因为若一个水塘，水塘里从没放过鱼苗，过那么几年水塘里不就有鱼在游动吗？

××却突然地说：这是不是我太爷的魂？！

他这话是把我吓了一跳，但我绝不会认为他的话是对的，我只是担心这十八亩地很快就要铲草掘土，建起高楼了，那野鸡还能生存多少日子呢？

又是一年过去了，我再没见到××，也没有听到关于他的消息。有一天路过了那十八亩地，十八亩地的围院换了，换成了又高又厚的砖墙，全涂着红色，围墙里并不是建筑工地，梧桐树还在，蒿草还一人多高。而围墙西头紧锁着的两扇铁门，门口挂着了一个牌子，写着：一块土地。

二〇一〇年五月二十三日

记黄河晋陕大峡谷

别的江河，就是某某江，某某河，黄河却称之为"天下黄河"。它诞生在巴颜喀拉山下，少年时游荡于青藏寒地，而当知道了遥远的东南有大海，便掉头大行，经过了黄土高原，这就是晋陕大峡谷。

大峡谷从托克托县的河口镇起，到河津的龙门，其实还可以延长，到秦岭的潼关吧，全长一千多公里，岸深一百米甚或二百米。

世上的路首先是水走出来的。黄河深刻出了大峡谷，大峡谷又将它束缚其中。越是束缚越使最柔软的水坚硬如铁。它奋斗，呐喊，暴躁，充满戾气，生长和完成着自己的青春，囫囵的黄土高原也从此一分为二，一半给了陕西，一半给了山西。

两岸隔绝，竟然是东边岸高耸了，西边岸低落；西边岸高耸了，东边岸低落。川潦泻散，河声充满，只有黑鹳和白琵鹭凭空往来。站在山西永和县的岸上看到了乾坤湾，站在陕西清涧县的岸上看到了太极湾。那是黄河九十九道弯中最神奇的两弯，西窄东宽，东窄西宽，入湾至出湾都是几百米，状若左右葫芦。到壶口去呀，壶口是黄河突然下跌，如一脚踏空了，溅起千堆雪。石门下去的大梯子崖，那是河东岸的一个缺口，斧劈刀削般危险。有瀑布，被风吹起，飘然如烟。而栈道其上，若游人经过，从河道看去，真的在"飞檐走壁"。如果再往陕西的佳县，再往山西的麒麟滩，千米长的水蚀浮雕镶嵌于绝壁，两岸山峦起伏，乱石堆砌，散者如塔，聚如城堡，每块石头上又布满虫纹，像汉字蒙文但不是汉字蒙文，疑为天书。

面对着大峡谷无数的景点胜地，能想象黄河寻找出路是多么地艰辛：日瘦月小，星寒云低，它在横冲直撞，冲撞出的沟壑峡崖在不断地坍塌，无数的堰塞湖，壅堵滞流，只能千回百折，有大孤独啊，是真的沉痛。有哲人讲，当你遇到风暴的时候，你不要给神说风暴有多大，而是给风暴说你的神有多大。黄河那时的形状正该如是。

大峡谷上下差不多有六十五条小河汇入，流域覆盖了整个黄土高原。而祖籍在这里的或外籍人来到这里的，也意识到身上的每一条血管也是黄河的支流，他们便都有了黄河的秉性，大气，豪迈，向往远方，从此英雄风气流转。轩辕在西岸有陵，尧帝在东岸建庙，汉刘彻来后土祠祭祀，李自成登白云山发愿。吴堡用石头垒起了一座城，佳县把城就修在三面悬空的山巅。更有着毛泽东于高家圪上高吟《沁园春·雪》，石破天惊，鱼龙出听。

黄河远行，也把黄土带去，送给了河南，送给了山东，送给了一个华北平原，却使黄土高原支离破碎。多少风流人物，能出走的都有一番大世界的作为，留下来的是坚守而顽强。千百年里，黄河奔流不息，大峡谷两岸人畜焦渴，塬梁台峁上树木庄稼干枯。他们要么到十几里外的那一点泉眼里去挑水，要么在门前屋后挖暗窖收储天雨。相传过去的吴堡城，那么大的城里只有一口苦水井，每日由知县亲自掌握，分配给每人一瓢。但这并不妨碍他们的浪漫，城西门上的匾额写着"明溪"，城东门上的匾额写着"闻涛"。干旱使居家只能在土崖下凿窑，凿窑便创造着艺术。由"一炷香"到"明三暗二""厢六倒四"。西湾的民居在斜坡上层层叠叠，三十多个院落连为一体。李家山村选择了一条梁的两边沟，窑洞从沟底直达梁头，竟能多到九层。土地上是不能种植水稻和小麦了，而糜子、高粱、谷子、荞麦、豆类和土豆，把地里所有营养所有颜色都聚集起来，做出谷面窝头、豆面抿尖、红面旗子、小米捞饭。尤其是枣，到处都是枣林啊，木枣、冠枣、狗头枣、牛心枣，秋天里满山红遍。他们认为天上有多少星星，地上就有多少红枣，而这里的枣是世上最好的枣，因为它们能听到黄河涛声。再就是开山和钻水了，开山就是挖炭，钻水就是撑船筏。在许多地方，剥开地皮就是炭，有许多地方的炭，用火纸便能点燃。古老的习俗还在沿承着，在除夕夜里，有人家在中堂的案上供奉了土豆和红枣，有人家把一块大炭用红纸裹了就放在门槛两旁，称它们是"黑汉"，还贴上"瓜子人人"。"瓜子人人"后就衍变成了剪纸，鱼虫花鸟、山水人物，遍贴在门上、窗上、米面罐上和树上。钻水呢，从河口镇到碛口镇从来都行船筏。船是木船，木船上有艄公扳舵。筏子有油筏、木筏、皮筏，皮筏是用羊皮做成的囫囵圪筒。船筏上的人都得是男的，赤身裸体，大峡谷的号子声闻于天。除了船筏，两岸还没有通车的年代里，忙碌的都是骆驼、骡马和毛驴。碛口镇人讲，凡是门上挂着谷秆绑成的干草把，就代表着是高脚牲口的草料店，全镇就有几十家。船筏卸下的货，骆驼运长途，骡马跑短途，毛驴驮炭。每天下午，毛驴排着一字长蛇阵，像一股黑水注入镇来。赶脚人都能唱，有苦了有乐了心里有人了，随口编词，任意起调，这就形成了民歌。张家塔村的张天恩最有名，唱出了《赶牲灵》。

那是一个早晨或是晚上，黄河终于走完了黄土高原，冲开了最后一个关隘，那是惊天动地的轰鸣，自此有了"岳色河声"一词。应该想，当黄河回头一看，重峦叠嶂的关隘竟然薄如门扉，伟大的胜利在最后成功时是这般容易。后人不明就里，也不可思议，认为那是大禹所致，叫其是"禹门"，而黄河冲出来已经是龙的形象了，所以更叫作"龙门"。

从龙门再往南二百里，汇入了汾水、洛水、渭水，黄河河面开阔，汪洋一片。时而厚云积岸，大水走泥；时而五彩祥光闪耀，"荣光幂河"。但黄河既然是天下黄河，大峡谷经过仅只是它的一段行程，大海还在召唤，它抖擞着力量，那时不时出现的"揭河底"，几百米数千米的河底被卷起，整个河在滚翻，是在嘿动，在聚劲，在誓师。而正是在这二百里，黄河成熟了，它的成熟也成熟了中华民族的文明。西岸的大荔、合阳、韩城，东岸的运城、临汾，产生了那么多的圣君明相、文臣武将、才子佳人。单论文学，司马迁、司马光、王维、柳宗元，这就够了，应是中国最最聚文气的地区了。

黄河继续南行，秦岭却拦住了它，迎头站着的就是华山潼关。潼关为雄关，历来的战争莫不发生于此，那狰狞的崖头，阴寒的壑底，以及怪石、弯树和细路，充满萧煞。中国历史上有过渔樵问答，那只是探询生命难题。而秦岭是否和黄河在此有过对话呢？如果有，那一定是关于天下格局的大事。

于是，黄河再没有南下与长江相会，黄河就是黄河，让长江去行南方吧，它就在北方，而转头往东去了。

这该是再一次伟大的转折，于是东岸就有了鹳雀楼，历史让王之涣登上楼头，看到了那最壮丽的场面：白日依山尽，黄河入海流。

敲 门

关于父子

一个儿子酷像他的父亲，旁人看起来很滑稽，做父亲的就要得意了，世界上有了一个小小的自己的复制品，时时对着欣赏，如镜中的花水中的月，这无疑比仅仅是个儿子自豪得多。我们常遇到这样的事，一个朋友已经去世几十年了，忽一日早上又见着了他，忍不住就呼叫了他的名字，当然知道这是他的儿子，但能不由此而企羡起这一种生生不灭永存于世的境界吗？

做父亲的都希望自己的儿子像蛇在蜕皮一样地始终是自己，但儿子却相当多的愿意蝉在蜕壳的裂变。一个朋友跟我说，他的儿子小时候最高兴的是让他牵了逛大街，现在才读小学三年级，就不愿意同他一块儿出门了，因为嫌他胖得难看。如果父亲是一个官员或者名人，即就不是官员和名人却模样英俊，虽然不会发生像我的朋友那样的悲剧，但做儿子的绝不会爱自己的父亲，就是爱，爱里亲的成分则少，属的成分要多。

中国的传统里，有"严父慈母"之说，所以在初为人父可以对任何事情宽容放任，对儿子却一派严厉，少言语，多板脸，动辄就吼叫挥拳，我们在每一个家庭都能听到对儿子以"匪"字来下评语和"小心熟了你的皮"的警告。他们常要把在外边的怄气回家来发泄到儿子身上，如受了领导的压制，挨了同事的排挤，甚至丢了一把钥匙，输了一盘棋。儿子在那时没力气回打，又没多少词汇能骂，经济不独立逃出家去更得饿死，除了承接打骂外唯独是哭，但常常还是不准哭，也就不敢再哭。偶尔对儿子亲热了，原因又多是自己有了什么喜事，要把一个喜事让儿子酝酿扩大成两个喜事。在整个的

27

少年，儿子能随便呼喊国家主席的小名，却不敢悄声说出父亲的大号的，我的邻居名叫"张有余"，他的儿子就从不说出"鱼"来，饭桌上吃鱼就说"吃蛤蟆"，于是小儿骂仗，只要说出对方父亲的名字就算是最恶毒的大骂了。可是，每一个人的经验里，却都在记忆的深处牢记着一次父亲严打的历史，耿耿于怀到晚年说出来，仍愤愤不平的。所以在乡下，甚至在目下的城市，儿子从来不愿同父亲待在一起，他们往往是相对无言。我们总是发现着父亲对儿子的评定不准，差不多是"呆""痴相"，以至儿子成就了事业甚或是了名人，他还是惊疑不信。

儿子稍稍独立，儿子与父亲的意见就不统一了，愈是与父亲相悖，这儿子就愈是优秀人物。许多史书上已经记载了儿子为了皇位囚禁和弑杀了父亲的事实，即是一个最贫贱的乡里穷儿子，对父亲于某种利益上也"大逆不道"起来了。我曾在一个山村看见过一个儿子哭父亲丧的场面，他泪水汪洋地哭："大（爸）呀，谁再和你娃争嘴呀？不吃饭咱们是父子，一吃饭咱们就是对头啊！"儿子这么痛哭当然也算个孝子，但他说的哪一句又不是实话呢？

可以说，儿子和父亲的矛盾是从儿子一出世就有了，他首先是父亲的妻子的爱心转移，再就是向你讨吃讨喝以至意见相悖惹你生气，最后又亲手将父亲埋葬。有这样一个笑话，说是一个老父在哄孙子吃奶时竟把媳妇的奶头示范性地吮了一口，儿子大为不满，与老父论理，可见儿子是不让其父的，但老父呢，更有一腔积愤，说："你吮了我老婆三年奶头，我还没寻你事哩，我吮你老婆一口奶头你就凶了?！"古语讲男当十二替父志，儿子从十二岁起父亲就慢慢衰退了，所以做父亲的从小严打儿子，这恐怕是冥冥之中的一种人之生命本源里的嫉妒意识。若以此推想，女人的伟大就在于从中调和父与子的矛盾了，世界上如果只有大男人和小男人，其实就是凶残的野兽，上帝将女人分为老女人和小女人派下来就是要掌管这些男人的。

只有在儿子开始做了父亲，这父亲才有觉悟对自己的父亲好起来，可以与父亲在一条凳子上坐下，可以跷二郎腿，共同地吸一锅烟，共同拔下巴上的胡须。但是，做父亲的在已经丧失了一个男人在家中的真正权势后，对于儿子的能促膝相谈的态度却很有了几分苦楚，或许明白这如同一个得胜的将军盛情款待一个败将只能显得人家的宽大为怀一样，儿子的恭敬即使出自真诚，父亲在本能的潜意识里仍觉得这是一种耻辱，于是他开始钟爱起孙子了。这种转变皆是不经意的，不易被清醒察觉的，这似乎像北方人阳气重而喜食状若阴器的麦子，南方人阴气盛而喜食形若阳具的大米一样。也不妨走访一下，家有美妻艳女的人家谁个善于经营花卉盆景吗？有养猫成癖的男人哪一个又是满意着他的家妻呢？父亲钟爱起了孙子，便与孙子没了辈分，嬉闹无序，孙子可以嘲笑他的爱吃爆豆却没牙咬动的嘴，在厕所比试谁尿得远，自然是爷爷尿湿了鞋而被孙子拔一根胡子来惩罚了。他们同辈人在一块，如同婆婆们在一块儿数说儿媳一样数说儿子的不是，完全变成了长舌男，只有孙子来，最喜欢的也最能表现亲近的是动手去摸孙子的"小雀雀"。这似乎成了一种习惯，且不说这里边有多少人生的深沉的感慨、失望和向往，但现在一见孩子就要去摸简直是唯一的逗乐了。有时手伸了过去时才发现是个女孩，手忙停住，又不能暴露尴尬窘相，手就从下面上划了一个弧，变成一种理头发的动作最后摸到了自己的后脑勺上，在这一瞬间感叹自己老了，头发全稀落殆尽了。这样的场面，往往使做儿子的感到了悲凉，在孙子不成体统地与爷爷戏谑中就要打发自己的儿子，但父亲却在这一刻里凶如老狼，开始无以复加地骂儿子，把积聚于肚子的所所有有的不满全要骂出来，直骂个天昏地暗。

但爷爷对孙子无论怎么地好，孙子却是不记恩的。孙子在初在人儿时实在也是贱物，他放着是爷爷的心肝不领情而偏要做父亲的扁桃体，于父亲是多余的一丸肉，又替父亲抵抗着身上的病毒。孙子没有一个永远记着他的爷爷的，由此，有人强调要生男孩能延续家脉的学说就值得可笑了。试问，谁能记得他的先人是什么模样又叫什么名字呢，最了不得的是四世同堂能知道他的爷爷、老爷爷罢了，那么，既然后人连老老爷爷都不知何人，那老老爷爷的那一辈人一个有男孩传脉，一个没男孩传脉，价值不是一样的吗？话又说回来，要你传种接脉你明白这其中的玄秘吗？这正如吃饭是繁重的活计，不但要吃，吃的要耕要种要收要磨，吃时要咬要嚼要消化要拉泄，要你完成这一系列任务就生一个食之欲给你，生育是繁苦的劳作，要性交要怀胎要生产要养活，要你完成这一系列任务就生一个性之欲给你，原来上帝在造人时玩的是让人占小利吃大亏的伎俩！而生育比吃饭更繁重辛劳，故有了一种欲

29

之快乐后还要再加一种不能断香火的意识，于是，人就这么傻乎乎的自鸣其乐地繁衍着。唉唉，这话让我该怎么个说呀，还是只说关于父子的话吧。

我说，作为男人的一生，是儿子也是父亲，前半生儿子是父亲的影子，后半生父亲是儿子的影子。前半生儿子对父亲不满，后半生父亲对儿子不满，这如婆婆和媳妇的关系，一代一代的媳妇都在埋怨婆婆，你也是媳妇你也是婆婆你埋怨你自己。我有时想，为什么上帝不让父亲永远是父亲，儿子永远是儿子，人数永远是固定着，儿子那就甘为人儿地永远安分了呢？但上帝偏不这样，一定是认为这样一直不死地下去虽父子没了矛盾而父与父的矛盾就又太多了，所以就要重换一层人，可是人换一层还是不好又换，就反反复复换了下来。那么那么，换来换去还是这么些人了！可不是吗，如果不停生人死人，人死后灵魂据说又不灭，那这个世界里到处该是了幽魂，我们抬脚动手就要撞碰他们或者他们撞碰了我们。不是的，绝不是这样的，一定还是那些有数的人在换着而重新排列罢了。记得有一个理论是说世上的有些东西并不存在着什么优劣，而质量的秘诀全在于秩序排列，石墨和金刚石其构成的分子相同，而排列的秩序不一，质量绝然两样。聪明人和蠢笨人之所以聪明蠢笨也在于细胞排列的秩序不同。哦，不是有许多英雄和盗匪被枪杀时大叫"二十年后又是一个×××"吗？这英雄和盗匪可能是看透了人的玄机的。所以我认为一代一代的人是上帝在一次次重新排列了推到世上来的，如果认为那怎么现在比过去人多，也一定是仅仅将原有的人分劈开来，各占性格的一个侧面一个特点罢了，那么你曾经是我的父亲，我的儿子何尝又不会是你，父亲和儿子原是没有什么区别的。明白了这一点多好呀，现时为人父的你还能再专制现时你的儿子吗？现时为人儿的你还能再怨恨现时你的父亲吗？不，不，还是民主、和平、仁爱地活着这一世人的为好，好！

一九九〇年六月三十日夜

平凹作画记（七则）

序

在年纪不老的作家里，我自诩我的毛笔字可入书品。但我确实没有临过帖，用钢笔写稿写得多了，随时又爱读一些碑，别人要我在宣纸上写，就写出来了。原本是一场玩事，所以从不为难他人的求索，给他写字不正好是练我的书法吗？差不多是求我一幅字的总事先拿数张纸来，剩下的便白落，竟落下了几大捆的便宜。有一日突发奇想：有这么多纸，何不也作些画呢？见过一些画家是将墨大泼大涂的，于是也泼，也涂，怪畅美的。刚画毕，恰好来了一位搞美术理论的先生，瞧我一嘴唇墨，问我干什么了？我说作画了。小时候在寺庙里看过画匠骑在木架上画檐头，时不时将笔在口里蘸唾沫，多半我作画时也这么不自觉地模仿了。就擦着嘴说，"小娃的屁股画家的嘴"，当画家就要敢不卫生呀！先生说要看画，看，一拳却把我击倒了，大叫你小子是鬼狐附体！我可怜地说："我可从没受过训练，压根不懂技法。"意思是别以高标准来要求我。先生倒严肃起来，讲了许多使我也吃惊的好话，我瞧他不是在戏弄我，我来劲了，我是个见不得鼓动的人，一时得意叫道：那我就画呀！就画起来了！

我真是有无知无畏的秉性。

说老实的，我可不想做个画家，纯乎一种取乐的方式，没想后来更有了一层好处。我家来客过多，尤其晚上，常是小屋坐那么三位四位，宏谈滔滔，我很烦，又不能黑了脸赶人家，作起画就可以既不失礼又可平心，你若要走，说一句"啊，你慢走"，阿弥陀佛，你不走就待着看我作画，我反正要两不误的。

初冬到现在画下了三十余幅，也是有生以来三十余幅作品。画一幅，觉得还满意就编号，编了号的画是决意不送人的。不知这兴趣还有多久，也不知还要画出多少幅，我想天要我画多少就画多少，我才不受硬要画的累呢。

一九九一年一月二十四日午

一、《唐僧取经》

画唐僧是一只很凶的虎，虎背上驮着一尊睡佛，这可能要遭佛门人骂，但我佛慈悲，佛是不会怪罪的。读《西游记》，我理解的唐僧是一分为四的，也就是说四而合一，孙悟空、猪八戒、沙和尚只是作为唐僧的另三个侧面。取经行走了那么多地方，遇到了那么多魔怪，应该说，唐僧是凶猛者。由此想到，凶的东西，则可开辟一个新的世界，而美好的东西如佛，则只能在开辟了新的世界后来平和与安详这个新的世界。

此画作于深夜，屋里还待着三个来访人，画完后见其中一人亲自又要沏一壶新茶来喝，我说："为不浪费茶，再喝一杯你们走吧，今日我困了！"又打了一个哈欠。第一次平静了脸赶客，觉得自己也有了虎气。人一走，满身清静，叼颗烟欣赏我画，欣赏半小时，我也成佛了。

二、《武松杀嫂》

要我说，武松是这样杀的嫂：

潘金莲，淫荡妇，你既是嫁给了武家，恁狠心就同奸夫害我哥哥?！武大无能却有武二，我岂能饶了你这贱人！今日你睁眼看看，这把钢刀白的要进去，红的要出来，割你的头祭我哥哥，我还要戳了你的胸腹掏出心来，瞧瞧天下的女人心是怎么个黑法？

她怎么不声不吭并没吓软？贱雌儿竟换上了娇艳鲜服，别戴着颤巍巍一朵玫瑰，仄靠了被子在床上仰展了。哎呀，她眼像流星一般闪着光，发如乌云，凝聚床头，那粉红薄纱衫儿不系领扣，且鼓凸了奶子乍猛得老高。以前她是嫂嫂，不能久看，如今刀口之下，她果真美艳绝伦，天底下有这样的佳人，真是上帝和魔鬼的杰作了！天啊，她这是临死亡之前集中要展现一次美吗？

啊，这么美的尤物，我怎么就要杀了她呢？她是害死我哥哥，哥哥实在是与她不般配，一朵花插在牛粪上，她是委屈了。武松若不是武二，武二若没有个太矮的哥哥，我也会是同情这女人的，也会是不满意这门婚姻的，可武大毕竟是我的哥哥，一个奶头叨过的同胞，我哪能不维护亲生的兄长呢？哼，杀人者偿命，你就是九天玄女，是观音菩萨，武松若不杀你，武松算什么英雄？！

她笑了，无声而笑，不是冷笑，也不是苦笑，笑而摄魂，这女人，怎么我要杀她，她还以为这又是同那一个雪天她与我接风的酒桌上一样吧？这女人是对自己有过感情的，扪心而想，我何尝没有爱过她呢？现在我真的要杀了她吗？如果那一天我接受了她的爱，我也被爱所冲动，那我会怎么样呢？今日要杀的除了她难道没有我吗？正因为我武松是英雄，才避免了一场千古谴责的罪恶，可正是我成了英雄，才将她推到了西门庆的贼手吗？！

武松呀武松，你这是想到什么地方去了，现在哥哥的灵前，灵堂阴气凝重，哥哥的屈死的灵魂在呼唤着你来伸冤，你怎能就要饶了狠毒角色？是的，你个潘金莲，就是不爱我的哥哥，你可以再嫁他人，嫁谁都可以，却偏偏是同那个泼皮西门庆？同了西门庆也还可，竟合谋害了哥哥性命，我武松放过了你，别人又会怎样议论我呀！一顶绿帽子戴给了哥哥，也戴给了景阳冈的英雄。或许更有人说武松不杀嫂，是嫂曾经爱过武松，我一场英雄会在人们眼中是个什么形象呢？

杀吧，杀吧，潘金莲，武松真格要杀你了！

刀怎么提不起来，这般重呀？那么一刀，一代美色就灭绝了吗？世上少了潘金莲，多少人为之丧气了，我武松是不是心太硬了？哥哥，哥哥，我该怎么办呢，我已杀了西门庆，咱就放了这个尤物吧？

咳，咳，这是个景阳冈的老虎就好了。

罢了，罢了，由她去吧。可是可是，我不杀她，她能老老实实在武家守节吗？她一定又要另嫁他门，或许又会与别的不三不四的恶徒勾搭，那这么鲜活的小兽与其为他人猎去，就不如我武松杀了她。杀了她，看着殷红的血怎样染红白瓷般的胸脯，看着她睁开了杏眼在咽气前的痉挛，岂不是更使人刺激吗？我不能成全她爱我，却可以让她死在所爱的人的刀下，不是于她也于我都是一场最合适的解脱办法吗？好了，好了，潘金莲，那我就这么杀你了！

于是，武松就把潘金莲杀了。

三、《贵妃赏蝶》

杨贵妃已经被文人墨客描述得太多了，我也爱这个女人。因为爱着她，就不忍心读记她死于马嵬坡的故事，相信着东渡了日本的传说，以致对胖胖的东西都有感情，甚至一次大街上碰见行刑前的游行车上押着一个天生丽质的女子就伤悲了几日。可是，我怎么也没想到，当我画出了贵妃的上半身，正待画她的下半身，口中叼着的烟头掉下来，一时拂不去，竟将宣纸烧出难看的洞来。妈的，我骂我，索性拿打火机要焚了这张宣纸，以宣纸充冥钱送给她了。看着宣纸燃到仅剩下杨贵妃的上半身的多半时，我瞧见火光中的贵妃似乎要活起来，一派富贵中的深沉的忧愁，忙就趴过去，用身子压灭了火。这就是我的贵妃。

女人的作用就是给世上贡献美的，我总这样认为的，女人的悲剧也就是太美了。杨玉环正是如此才成了唐代的国母，国母正如此也才被勒死在马嵬。如今我画贵妃原来要让她处优地赏蝶，天意竟还让她残缺。残缺的美更美，我永远也忘不了我的这幅画。

四、《石鲁》

生活在西安，又要作画，总就想到那个石鲁。石鲁的艺术在石鲁疯了以后更进入大的境界，这使我独坐了常寻思：在那样个文艺差不多有着僵壳的时期，石鲁的成功在于他有了异于别人的思维吗?！我很羡慕有这种思维，但我不愿以疯来建构，更恐惧思维"疯"的产生背景。眼下气功兴时，我求拜过许多气功师，要给我开慧眼，看鬼，看神，看别人看不到的世界情形，以来突破我的写作。可悲惨的是气功师都拒绝了，这倒令我怀疑了这些气功师，他们或者胡说，或者他们的功法太浅。

于是我又想，或许石鲁并没有疯，因为他感应自然、体验生命的思维与当时社会不同，众人看他才疯了，疯的其实是认为他疯了的人。

五、《景阳冈之后》

时下，到处都在崇尚男子汉气派，文学艺术作品里凡是要歌颂的人物，胸口都要贴上一些胸毛。但在中国古典文学艺术中，男人的形象可分两类，一是白脸，包括那个刘备、贾宝玉和所有戏曲的小生，一是黑脸。白脸的皆阴柔虚涵，予以张扬，黑脸的则往往刚烈，视为鲁莽之徒。

这个晚上不知怎么就想起了为武松作画。

武松在景阳冈上敢打虎，面对嫂嫂能杀淫，如果武松在今日，胸毛是够茂密了，或许会演出更惊天泣地的业绩来的。但古时的标准为他定了性，梁山泊的头把二把交椅轮不到他，只能是个将领而已，所以上了梁山，他的贡献就十分之小了。

但武松当然还是英雄，我就要画出个英雄来。画毕，有一远路朋友来，却以为武松模样窝囊了：戴了颈枷，瑟瑟作抖，虽然以你的名章按在额上作罪犯烙印而构思奇妙。我说，英雄也是血肉长的，对死谁个不恐惧，面临失败和委屈谁个不沮丧，愈是这样活下去，才是英雄！我们的现代意识里，以为男子汉一味阳刚，让他不爱生命，如归一般地死，那么，鼓励一个人连自己的生命都不爱，他还能爱别的什么吗？再者，不画英雄万众欢呼，画一个英雄落难，使我们懂得人生的艰辛了就更爱英雄，而不是以为英雄是轻而易举的风光的事体而许多人去做荒诞的梦。

六、《鬼才李贺》

我喜欢那个李贺，却不明白怎么世人就称他是鬼才，有了非凡的才能只能归之于鬼的作用吗？细读他的诗，除了大写阴阳之事外，他的思维是与一般人异同的。记得数年前见到大作家汪曾祺先生，他说李贺是黑纸上写白字，先生的话使我顿开茅塞。今日为李贺造像，当然是一团黑气涌涌而来，他是没地位之人，家境贫寒，潜心了艺术可能人缘不会好，过早地就驼了背，眉眼就画在黑团之中吧，那只寻诗所骑的毛驴却是极瘦极瘦的了。年轻时爱读蒲松龄的狐狸精，盼不得夜深人静有个女子破窗而入，今画李贺，我还是不怕鬼，爱鬼则更希望能得些李贺的鬼气以匡正我的思维定式。

七、《百年孤独》

读了马尔克斯的书，就永远记住了"百年孤独"四个字。但我没有以此而冲动着作画。一九九一年元月六日，得知台湾作家三毛自杀消息，心中无限痛惜。世人对三毛之死的原因猜测纷纷，我认为她死于天才的孤独。大凡世界上进入了大境界的人都是孤独的。夜幕降临，寒星闪烁，立于高楼凉台仰天怆悲，返回画案作下此画。树是枯桩形，人是老井状，一个不以红花繁叶热闹炫世，一个风吹不走、日晒不干的深茂虚涵。用不着再在画面上行文题字了，用不着的。

好读书

好读书就得受穷。心用在书上，便不投机将广东的服装贩到本市来赚个大价，也不取巧在市东买下肉鸡针注了盐水卖到市西；车架后不会带单位几根铁条几块木板回来做做沙发，饭盒里也不捎工地上的水泥来家修个浴池。钱就是那几张没奖金的工资，还得抠着买涨了价的新书，那就只好穿不悦人目的衣衫，吸让别人发呛的劣烟，吃大路菜，骑没铃的车。但小屋里有四架五架书，色彩之斑斓远胜过所有电器，读书读得了一点新知，几日不吃肉满口中仍是余香。手上何必戴那么重的金银，金银是矿，手铐也是矿嘛！老婆的脸上何必让涂那么厚的脂粉，狐狸正是太爱惜它的皮毛，世间才有了打猎的职业！都说当今贼多，贼却不偷书，贼便是好贼。他若要来，钥匙在门框上放着，要喝水喝水，要看书看书，抽屉的作家证中是夹有两张国库券。但贼不拿，说不定能送一条字条："你比我还穷?！" 三百年后这字条还真成了高价文物。其实，说穷也不是穷到要饭，出门还是要带十元钱的，大丈夫嘛，视钱如粪土，它就只能装在鞋壳里头。

好读书就别当官。心谋着书，上厕所都尿不净，裤裆老是湿的，哪里还有时间串上级领导的家去联络感情？也没有钱，拿什么去走通关关卡卡？即使当官，有没有整日开会的坐功？签发的文件上能像在新书上写读后感一样随便？或许知道在顶头上司面前要如谦谦后生，但懒散惯了，能在拜会时屁股只搭个沙发沿儿？也懂得猪没架子都不长，却怎么戏要成性突然就严肃了脸面？谁个要整，要防谁整，能做到喜怒不露于色？何事得方，何事得圆，能控制感情用事？读书人不反对官，但读书人当不了好官，让猫拉车，车就会拉到床下。那么，住楼就住顶层吧，居高却能望远，看戏就坐后排吧，坐后排看不清戏却看得清看戏的人。不要指望有人来送东西，也不烦有人寻麻烦，出门没人见面笑，也免了有朝一日墙倒众人推。

好读书必然没个好身体。一是没钱买蜂王浆，用脑过度头发稀落，吃咸菜牙齿好肠胃虚寒；二是没权住大房间，和孩子争一张书桌，心绪浮躁易患肝炎；三是没时间，白日上班，晚上熬夜，免不了神经衰弱。但读书人上厕所时间长，那不是干肠，是在蹲坑读书；读书人最能忍受老婆的嘟囔，也不是脾性好，是读书入了迷两耳如塞。吃饭读书，筷子常会把烟灰缸的烟头送到口里，但不易得脚气病，因为读书时最习惯抠脚丫子，可怜都是蜘蛛般的体形，都是金鱼似的肿眼，没个倾国倾城貌，只有多愁多病身。读书人的病有读书病的药，药不在《本草》而直接是书，一是得本性酷好之书，二是得急需之书，三是得未见之书。但这药医生常不用，有了病就让住院，住院也好，总算有了囹圄时间读书了。所以，约伙打架，不必寻读书人，那鸡爪似的手没四两力，要欺负也不必对读书人，老虎吃鸡不是山中王。读书人性缓，要急急不了他，心又大，要气气不着，要让读书人死，其实很简单，给他些樟脑丸，因为他们是书虫。

说了许多好读书的坏处，当然坏处还多，譬如好读书不是好丈夫，好读书没有好人缘，好读书性古钻。但是，能好读书必有读书的好，譬如能识天地之大，能晓人生之难，有自知之明，有预料之先，不为苦而悲，不受宠而欢，寂寞时不寂寞，孤单时不孤单，所以绝权欲，弃浮华，潇洒达观，于嚣烦尘世而自尊自重自强自立不卑不畏不俗不诌。说到这儿，有人在骂：瞧，这就是读书人的酸劲了，为什么不说"万般皆下品，唯有读书高"呢？真是阿Q精神喽！这骂得好，能骂出个阿Q来，便证明你在读书了，不读书怎么会知道鲁迅先生曾写过个阿Q呢?！因此还是好读书着好。

一九八九年十二月二十三日

闲　人

不知从什么时候起，社会上有了闲人。

闲人总是笑笑的。"喂，哥儿们！"他一跳一跃地迈雀步过来了，还趿着鞋，光身子穿一件褂子，也不扣，或者是正儿八经的西服领带——总之，他们在着装上走极端，但却要表现一种风度。他们看不起黑呢中山服里的衬衣很脏的人，耻笑西服的纽扣紧扣却穿一双布鞋的人。但他们戴起了鸭舌帽，许多学者从此便不戴了，他们将墨镜挂在衣扣上，许多演员从此便不挂了——"几时不见哥儿们了，能请吃一顿吗？"喊着要吃，却没吃相，扔过来的是一颗高档的烟。弹一颗自个吸了，开始说某某熟人活得太累，脸始终是思考状，好像杞人忧天，又取笑某某熟人见面总是老人还好，孩子还乖？末了就谈论天气，那一颗烟在说话的嘴上左右移动，间或喷出一个极大的烟圈，而拖鞋里的小拇指头一开一合地动。

闲人的相貌不一定俊，其实他们嫉恨是小白脸，但体格却非常好，有一手握破鸡蛋之力。和你握手的时候，暗中使劲令你生痛，据说其父亲要教训，动手来打，做闲人的儿子会一下子将老子端起来，然后放在床上去，不说一句话，老子便知道儿子的存在了。他要请客，裹胁你去羊肉串摊，说一声吃吧，自己就先吃开，看见他一气吃下一百二十串羊肉，喝下十瓶啤酒，你目瞪口呆，"我有一个好胃！"他向你夸耀，还介绍他还能饿，常常一天到黑只吃一顿饭，却不减膘，仍有力气。他说："你行吗？"你不行。

闲人的钱并不多，这如同时髦女子的精致的小提兜里总塞着卫生纸一样，可闲人不珍贵钱，所以显得总有钱。他们口袋里绝不会装两种不同质量的烟，从没有摸索半天才从口袋捏出一颗自个吸，嘶啦一声，一包高档烟盒横着就撕开了，分给所有在场的人。没有烟了，却蹴在屋角刨寻垃圾中的烟头。钱是人身上垢痂，这理论多达观，所以出门就招出租车，也往豪华宾馆里去住一夜两夜。逢着骑自行车，那几乎是表演杂技，于人窝里穿来拐去，快则飞快，慢则立定，姿势是头缩下去，腰弓着，腿圈成圆形，用脚跟不停地捯转脚踏板。

闲人的朋友最多，没有贵贱老幼之分，三句话能说得来，咱们就是朋友了，"为朋友两肋插刀"，让我办事就是看得起我呀！闲人的有些朋友是在厕所撒尿时就交上了。当然，这些朋友有的交往时间长，有的交往时间短，但走了旧的来了新的，闲人没有"世上难逢一知己"之苦。若有什么紧俏东西买不到，寻闲人去。闲人很快就买来了，而且比一般价格还便宜。要搬家，寻闲人去，闲人一个人会扛件大衣柜上楼的。不幸的是家中失盗，你长吁短叹。闲人骂一顿娘就出去了，等回来，说："我问过一个贼头了，他说你们家这一片不属于他管，我告诉了他，不属于他的地盘就查查是谁的地盘?！"闲人不偷人，但偷人的贼是不敢得罪闲人的。

闲人真瞧不起小偷、流氓，甚至那些嫖客、暗娼，和拦路强奸者，觉得没意思，恶心，也害怕艾滋病。但闲人谈女人的头发、鼻子，他们相信男人的成熟和人生的圆满是需要有一个醉心的女人，甚至公开讥笑自己的从事文艺工作的父亲之所以事业不辉煌是只守了一个自己的母亲。他们有意地留神看街上来往的女人，张口闭口阐述花朵是花草的生殖器什么，到后来，闲人们分别是有了姑娘，姑娘自然很漂亮，他们就会同骑一辆车子招摇过市，姑娘分腿骑在后座上，腿长而圆像两个大白萝卜。闲人待姑娘好时好得你吃饱了还要往你嘴里塞油饼，不好了，就吼一声："滚！"但姑娘不滚，十分忠诚。

闲人爱姑娘，但最感痛快的并不是姑娘，因为闲人们都年轻，又都练过拳脚，至少家里有一把四十斤重的石锁。路过树下，忍不住要跳起来抓那树枝，抓住了要一把拉断下来，杀鸡就剁鸡头，偏再放开让没头的鸡瞎走一阵，将那桃花一般的血印在雪地上。街上有人打架了，闲人会立即前去围观，是几个男的为了一个女子在恶斗，女子娇嫩艳丽，他看着谁个有理，谁个弱者，便上去抱打不平了，混战中男的一尽逃散，人们都在说闲人是为了那个女子，闲人上前却要扇女子一个巴掌，骂一声"没志气"而去。艳丽的女子当然使闲人也感悦目，但女子在挨过巴掌之后嘴角淌下血来更使闲人觉得奇艳无比！在回家的路上乃至回家之后，闲人还在激动不已，眼前尽是女子嘴角的血道红蚯蚓般地顺下巴和脖子涎流而下的图像，甚至想象到乱交情人的女子如果被人剖开腔腹，倒地痉挛，样子又是何等壮观！但闲人这时候忽觉手疼，看时，右手的无名指却没有了，知道一定是混战中被男的刀砍了，他赶忙跑回现场，沙土地果然有一截手指，遗憾是没有见到手指初断时的蹦跳。

闲人是个直肠人，但闲人偏不自认，因为在一些年里，闲人最讨厌那些拍胸膛说"咱是粗人"的人，"粗人"本是自贱，却成了一种美饰。所以，谁家夫妇闹矛盾，闹得厉害，他不会"见婚姻说和"；"过不成就换班子"！他总是这么说："我给你物色一个！"闲人不食言，果然物色一个又一个。有的家庭后来是散了，有的家庭闹过又好了，又好的家庭少不得男方将闲人的话说知女方，闲人就恶下了这家的主妇，闲人见面仍叫"嫂子"！嫂子不理，不理了拉倒。

闲人的眼里才没有什么权威的，孔圣人不就是那个老孔吗？剧院里看戏，戏不好，"换节目！换节目！"领导作报告又是官话套话空话，闲人就头一歪睡着了。闲人顶熟悉的是体育明星，次之是通俗歌星，当然也有想一睹风采而去听一位外地来的大名人的专场报告，回来了就打开录音机模仿名人的声调也演说，但演说的内容就是：中华人民共和国××省××市伟大的政治家、杰出的哲学家、天才的艺术家××先生……这位先生的名字一定是他的名字。录毕就放，一边听一边哈哈大笑，随之也就将让名人签名的纸展示众人，然后让某一位去上厕所用。

闲人却并不是四肢发达头脑简单的角色，可以说，都极聪慧，他们都有文化，且喜欢买书，只是从不读完每一本书。但学问已经足够了，知道弗洛伊德，知道后羿，知道孟子、荷马、毕加索和阿 Q。当穿着牛仔裤并让它拖在地上在夜街上转悠，闲人差不多会碰着闲人，他们就会一起走到某一个闲人家去，在狼藉不堪的小屋中拒绝筷子用手抓食着卤豆和鸡腿，就谈论天文、地理、玄学、哲学、经济，由女人说到了造人的女娲，由官倒说到了戈多，最多的说人生，说人生说到地球旋转，那么每一个人都是倒挂在地球上的，就不免说一句每次都说的"上帝死了"！然后有人出门就尿，有人将一口痰就吐在桌子下，咒骂"地球太小了"！有人推开了窗户看着城市的夜的风景，伤心了，有人庄严地去厕所，蹲下拉屎，有人抓过一本书想读，却又压在了屁股下。这一夜他们门窗洞开着让酒醉到天明，天明，洗脸、刷牙、弹掉衣服上的灰尘，道貌岸然地出去各干各的事了。

闲人不怕苦，不怕死，满世界里唯有两怕。一怕结婚，虽然不断地有姑娘相伴，但闲人已经是老大年龄了仍未结婚。他们总希望有一个美丽的，既温柔又风野，能吸烟能喝酒能跳舞能谈人生能打麻将的老婆，遗憾的是没条件总不能集中于一身的姑娘。二怕寂寞。寂寞如狼怕火，寂寞如鬼怕唾。他们预防着某一日任何人任何力量治不倒他们而要将他们寂寞独处的残酷，于是就幻想着真有那么一日，他们要爬上城中的报话大楼的顶尖上，然后用一条绳索一头系在楼顶尖一头套在脖子上纵身一跳，吊在半空了。因为吊在城中的最高点，全城的人都看得见，而且报话的大钟是每一小时要长鸣一次。

说闲人是一个阶级，这肯定有人要批评用词不准，那么，是一些人，是阶层，是……反正闲人在社会上多了。据闻在一次高级的会上，天文学家说，因为天上的太阳的黑子增多才有了这些闲人；地理学家说，因为地上的草木减少才有了这些闲人；人类学家却一口咬定是人太多的缘故，南瓜葫芦一条蔓上花开得太多必然是有谎花的。会议上的这些争论当然闲人不可能听到，听到的是平日周围的人喊其"闲人"，闲人就甚是不悦，回一句：哼，我们才是忙人哩！

十一篇书信①

一

盛夏人皮是破竹篓，出汗淋漓如漏。老母坐不住家，一日数次下楼去寻老太太们闲聊，倒不嫌热。我也以写书避暑（坐桌前以唾液沾双乳上，便有凉风通体。此秘诀你可试试，不要与玩麻将者说）。写书宜写闲情书。能闲聊是真知己，闲情书易成美文。但母亲没喝水习惯，怕她上火，劝多喝水，她说口里不要，肚里也不要。我和妹妹都是能喝水的，来家的那些朋友，也无一不能喝。今早忽然醒悟，蹲机关的人上了班都是一支烟，一杯水，一张报的，母亲则是从来没有工作过！

来时不必带土产，有便车捎些西瓜给母亲即可。切切。

二

我倒不信你能江郎才尽，瞧照片上，腰又大了一圈，那里边装什么？文坛上有人是晨鸡暮犬，他们出于职责，当可闻鸡而起，听吠安睡，有人则是老鼠磨牙，咬你的箱子磨他的牙罢了。前年你写那部书一成功，我就知道你

---

① 《十一篇书信》原本确有十一篇，第十一篇即后文所录《辞宴书》，为避免重复，故略去此篇。——编者注

要坏了人缘的，现在果然是，但麻将桌上连坐五庄，必然要得罪人，输家是有资格发脾气，也可以欠账，也可以骂人嗯。只担心你那口疮，治得如何？口要善待才是，除了吃饭，除了在领导面前说"是"外，将来那些人还要请你去谈创作经验啊！

三

因养了一盆郁金香，会开到一半我就溜了，听说×××颇有微词？我这屁股坐惯了书桌前的椅子，坐主席台上的椅子不自在。你几时来看花？美人不说话就是花，花一说话就是美人。

四

我当主编，忙的却是你们，几次想卸了这帽子，但卸不了，这也是不理事当不了官，能当大官不要理事。天这么热，办公室又没空调，不知买没买仁丹丸？我赶了半天写下这期《读稿人语》，让小施捎去，再让捎去一盘五色冰激凌。六块，一人三块。吃罢将盘子一定还我。

五

儿女小时可以打，如拍打衣服上土，稍大了就是皮球，越打越蹦得高。我大学毕了业，先父还踢我一脚，待到后来一日，他吸烟，也递我一支，我才知道我从此不挨打了。但有人说父子如兄弟，如同志，那倒又过分，因为儿女的秉性是永远不崇拜父母的。我女儿看三流电视剧也伤心落泪，读我的书却总认为是她看着我写的，不是真的。让他去吧，龙种或许生跳蚤，丑猪或许养麒麟，只需叮咛"吃喝嫖赌不能抽（大烟），坑蒙拐骗不能偷（东西）"

就罢了。窑炉只管烧瓷罐，瓷罐到社会上去，你能管得着去做油罐还是尿罐？老江说组织一次南山游的，又不见了动静，如果南山去不成，三月十五日午时去豪门菜馆吃海鲜，我做东。

六

空气装在皮圈里即为轮胎，我如果能手一抓就一把风，掷去砸人，先砸倒那姓曹的！盛世的皇帝寿命都高，因为他为国人谋福利。损人利己者则如通缉的逃犯，惶惶不可终日，岂能身体安康？发不义之财，若不做慈善业消耗，如人只吃饭而不长肛门，终有一日自己把自己憋死。

那只鳖不能让山兄去放生，他会放生到他的肚腹去。

七

不要嫌老婆脸黑，黑是黑，是本色，将来生子，还能卖好价钱的面粉。那日到 × 校开会，去了那么多作家，主持人要我站起来让学生们看看，我站起来躬腰点头，掌声雷动，主持人又说：同学们这么欢迎你，你站起来么！我说我是站起来的呀！主持人说：噢，你个子低。掌声更是雷动。我不嫌我个头儿矮，人不是白菜，大了好卖。做人不要心存自己是女人或是男人，也不必心存自己丑或自己美，一存心就坏了事。以貌取人者是奴才，与小奴才什么计较？

八

我要闭门写作呀，有事三十天后见。若有人寻到你打问我的行踪，只说我自杀了。记住，是安乐死，不是上吊，上吊吐舌头形象不佳。

九

能让别人利用，也是好事。研究《红楼梦》可以当博士，画钟馗可以逼鬼，给当官的当秘书可以自己当官。藤蔓多正因着你是乔木。无山不起云，起云山显得更高，若你周围没那些营营之辈，你又会是何等面目？朋友都是走了的好。今夜月光满地，刚才开窗我还以为巷口的下水道又堵塞，是水漫淹，就想你若踏水来访多好！我可教你作曲解烦。作曲并不难，"言之不尽歌咏之"，曲就是把说不尽的话从心里起便放慢音节哼出来，记下便可了，如记不下，旁边放录音机来录。学那钢琴就非是一月半月能操作，且十个指头，怎能按得住一百零八个键呢？

十

买书不要买豪华本，豪华本的书那是卖给不读书的人的。读书也不必只读纸做的书，山水可以读，云雨可以读，官场可以读，商界可以读。赌徒和妓女也都是书。只在家读书本，读了书还是读书，无异于整日喝酒、打牌和吸烟土，于社会、家人有什么好处？

得空来吃茶，我前日得明前茶一罐。

辞宴书

老兄：

今晚粤菜馆的饭局我就不去了。

在座的有那么多领导和大款，我虽也是局级，但文联主席是穷官、闲官，别人不装在眼里，我也不把我瞧得上，哪里敢称作同僚？他们知道我而没见过我，我没有见过人家也不知道人家具体职务。

若去了，他们西装革履我一身休闲，他们坐小车我骑自行车，他们提手机我背个挎包。于我觉得寒酸，于人家又觉得我不合群，这饭就吃得不自在了。

要吃饭和熟人吃得香，爱吃的多吃，不爱吃的少吃，可以打嗝儿，可以放屁，可以说趣话骂娘，和生人能这样吗？和领导能这样吗？知道的能原谅我是懒散惯了，不知道的还以为我对人家不恭，为吃一顿饭惹出许多事情来，这就犯不着了。

酒席上谁是上座，谁是次座，那是不能乱了秩序的，且常常上座的领导到得最迟，菜端上来得他到来方能开席。我是半年未吃海鲜之类，见那龙虾海蟹就急不可耐，若不自觉筷先伸了过去如何是好？即便开席，你知道我向来吃速快，吃相难看，只顾闷头吃下去。若顺我意，让满座难堪，也丢了文人的斯文；若强制自己，为吃一顿饭强制自己，这又是为什么来着？

席间敬酒，先敬谁，顺序不能乱，谁也不得漏，我又怎么记得住？而且又要说敬酒词，我生来口讷，说得得体我不会，说得不得体又落个傲慢。敬领导要起立，一人敬全席起立，我腿有疾，几十次起来坐下又起来，我难以支持。

我又不善笑，你知道，从来照相都不笑的。在席上当然要笑，那笑就易于皮笑肉不笑，就要冷落席上的气氛。

更为难的是我自患病后已戒了酒。若领导让我喝，我不喝拂他的兴，喝了又得伤我身子。即使是你事先在我杯中盛白水，一旦发现，那就全没了意思。

官场的事我不懂，写文章又常惹领导不满，席间人家若指导起文学上的事，我该不该掏了笔来记录？该不该和他辩论？说是不是，说不是也不是。我这般年纪了，在外随便惯了，在家也充大惯了，让我一副奴相去逢迎，百般殷勤做媚态，一时半会儿难以学会。

而你设一局饭，花销几千，忙活数日，图的是皆大欢喜，若让我去尴尬了人家，这饭局就白设了，我怎么对得住朋友？而让我难堪，这你于心不忍，所以，还是放我过去，免了吧。

几时我来做东，回报你的心意，咱坐小饭馆，一壶酒，两个人，三碗饭，四盘菜，五六十分钟吃一顿！

如果领导知道了要请我而我未去，你就说我突然病了，病得很重。这虽然对我不吉利，但我宁愿重病，也免得我去坏了你的饭局而让我长久心中愧疚啊。

敲 门

　　人问我最怕什么？回答：敲门声。在这个城里我搬动了五次家，每次就那么一室一厅或两室一厅的单元，门终日都被敲打如鼓。每个春节，我去郊县的集市上要买门神，将秦琼敬德左右贴了，二位英雄能挡得住鬼，却拦不住人的，来人的敲打竟也将秦琼的铠甲敲烂。敲门者一般有规律，先几下文明礼貌，待不开门，节奏就紧起来，越敲越重，似乎不耐烦了，以至于最后咚地用脚一踢。如今的来访者，谦恭是要你满足他的要求的，若不得意，就是传圣旨的宦官或是有搜查令的警察了。可怜做我家门的木头的那棵树，前世是小媳妇，还是公堂前的受鞑人，罪孽深重。

　　我曾经是有敲声就开门的，一边从书房跑步走，一边喊：来了来了！来的却都是莫名其妙的角色，几乎干什么的都有，而一律是来为难我的事，我便没完没了地陪他们，我感觉我的头发就这么一根根的白了。以后，没有预约的我坚不开门，但敲打声使我无法读书和写作，只有等待着他们的走开。贼也是这么敲门的，敲过没有反应就要撬门而入，但我是不怕贼的，贼要偷钱财我是没钱财，贼是不偷时间的，而来偷我时间的人却锲而不舍，连续敲打，我便由极度的反感转为欣赏：看你能敲多久?！门终于是不敲了。可过一会儿，敲声又起，才知敲者并没有走，他的停歇或许是敲累了，或许以为我刚才在睡着或上厕所，如此敲敲停停，停停敲敲，相信我在家中，须敲开不可。我只有在家不敢作声，越是不敢作声，喉咙越发痒想咳嗽，小便也憋起来，我恨我成了一名逃犯了。

狡兔三窟，我想，我不如只兔子。这么大的城里广厦千万间，怎么就没有一个别处的秘密房子让我安静睡一觉和读书写作呢？我当然不敢奢想有深宅大院，有门子在前可以挡驾；有那么一小间放张桌子和小床即可，但我不能，以至于我到任何地方去上厕所，都设想有这么个地方，把蹲坑填了，封了天窗，也蛮好嘛。我的房间从来是一室一厅或一室两厅，前无院子，后没后门，什么人寻我，都是瓮中捉鳖。

事实是，我并不是个不需要朋友的人，读书写作之余，我也要约三朋四友来喝酒呀，谈女人，博弈搓麻将，但往往是想念的朋友不来，来的都是不想见的人。我的坚持不开门，挡住了几次我的从老家来的亲戚，他们是忙人，敲几下以为我不在家就走了，过后令我捶胸顿足；我挡不住的是那些要我写条幅去送他的上级的人，是那些有什么堂会让我去捧场的人，或是他们什么事也没有，顺脚过来要解闷的，他们有的是闲工夫，上午来敲不开门，下午又来敲，今日敲不开明日再来敲，或许就蹲在门外和楼下。他们是猎人，守在那里须等小兽出来。

明代的陈继儒说过：闭户即是深山。闭户哪里又能是深山呢？

或说，那这是你红火啊。可我并不红火，红火能住这么小的房子吗？如果我是官人家，客来必有重礼，所求之事谈完即走，走时还得说：不打扰了，您老辛苦，需要休息。找我的双手空空，只吸我的烟，喝我的茶。如果我是歌星影星，从事的就是热闹工作，大粪世事不怕不卫生，可我热闹了能写出什么文章？又是读陈继儒的小品，陈先生恐怕在世时也多骚扰，曾想去作隐，但他说："隐者多躬耕，余筋骨薄，一不能；多弋钓，余禁杀，二不能；多有二顷田，八百桑，余贫瘠，三不能；多酌水带索，余不耐苦饥，四不能。"我同陈继儒一样，我可能者，也是"唯独处淡饭著述而已"。但淡饭几十年一贯，著述也只是为了生计和爱好，独处竟如此不能啊。想想从事写作以来，过几年就受冲击，时时备受诽谤，命运之门常被敲打，灵魂甚时有过安妥？而家居之门也被这般敲打不绝，真是声声惊心。小儿发愿，愿明月长圆，终日如昼，我却盼永远是在夜里，夜里又要落雪下雨，便门而不被敲打了。

但这怎么可能呢？我还要活的，我还有豪华的志向，还有上养老下哺小，红尘更深，我的门恐怕还是不停地被人敲打。我的命就是永远被人敲门，我的门就是被人敲的命吧。有一日我虽死了，墓碑上是可以这样写的：这个人终于被敲死了！

一九九七年五月十五日午

河南巷小识

在我们西安，河南人占了三分之一，城内三个大区：莲湖、碑林、新城；新城几乎要成为河南的省城了。他们是二十世纪二十年代开始向这里移居的；半个世纪以来，黄河使他们得幸，也使他们受害，水的灾祸培养了他们开放型的性格，势力便随着陇海铁路向西延伸，在西安的城墙内外的空旷地上筑屋栖身了。而在这个城市居住的本地人，却是典型的保守性格，冬冬夏夏，他们总是深住在一座座对称严格的小四合院里，门口有石狮照壁，后院有花坛水井。两相建筑，对比分明。但是，随着时间的推移，这个城市的人口愈来愈暴溢，居住的面积愈来愈紧张，这种对比分明的建筑也愈来愈失去了界限；小四合院里，已经不是一家人、两家人了，而是十几家、几十家，门窗失去了比例，灶房占却了庭院，那门道处、花坛上，拐弯抹角的地方都成了住窝，人都有了善于爬高钻低、拧左转右的灵活；而河南人呢，门前再也没有一道篱笆圈起来种葱种蒜的空地，横七竖八的住屋往一块儿云集，越集越大，迅速扩张，宽一点的出路便为街了，窄一点的出路便为巷了，墙随着地势或直或圆，檐随着光线或收或出，地面上没有前途了，又向高空发展，那电线、电视天线、晾衣服麻绳，将天空分割成无数碎块，夜里星星也看得少了。于是，大千世界，同此凉热，本地人再不自夸，外地人再不自卑，秦腔和豫调相互共处，形成了西安独特的两种城语。

西安城，在世界上最出名的是那一圈保留得完整无缺的古代城墙，正是这圈城墙，使我们居住在这里的人们从此受到了限制，当今的时代，已经不是古远的唐朝、明朝，它每时每刻都要变化，而大街愈是扩建宽阔，小四合院和小巷便愈是狭小，时兴的楼房愈是改造高大，小四合院和小巷便愈是低矮。我是住在小四合院的陕西人，我的老婆却是从小生活在那小巷里的河南人，我们往来着，从一个拥挤的世界到另一个拥挤的世界。但使我们终不能明白天地间的事竟如此矛盾，居住在这样的地方，我们到了晚年的人偏多是臃臃肿肿，而我们的孩子们年纪还小小的，却个个都长得高大个头儿?!因为我的儿子要结婚，我的小四合院里的两间小屋必须要安下一张四尺宽六尺长的双人床，退了休的我只得去投靠老婆的娘家——泰山的儿子在外地工作，按规矩我这是做了上门女婿——在河南人的小巷里住下来了。

这条巷子，当然是离城墙最近的。城墙是要比整个巷子高出四五倍，暮色的天气里，云压得很低，便看得见风里的夕阳在女墙上腐蚀，那斜壁上横出的碗口粗细的枸子树上，紫燕一起起飞、回旋的运动中，一会儿露出最宽的正面，一会儿显出最窄的侧面，如同一朵方向不定的云朵。这是全巷人最为眼福的一景，常常下班回来，都要站在巷口看着，直等到这群飞物倏忽投向远远的城门外去，像被吸铁吸去一样没了踪影，才硬着脖子往巷里走去。这个时候，又正是一列火车定时从城墙外通过，笛声叫着，惊天动地，他们就想象着道班上的巡警该是站得端端正正向列车致意了，于是一边往巷里走，一边脚下有了节奏，似乎这火车的轰鸣不是一种摧残寿命的噪音，而是一首护送他们回家的雄壮乐曲。

巷子的路很长很长，因为这是一个"中"字的形状三条正巷，便是那"中"字里的竖道，两边都是高高的楼房，这竖道就特别幽深。一盏昏昏的路灯在巷的那头亮了，无数的人头在晃动，家家的门窗已经打开，水瓢声，锅勺声，播放着豫剧的收音机音量开到了最大限度，一闻到饭菜的香味，一听到豫剧的唱腔，每一个进巷的人就感到"家"的温暖了。"回来了?""回来了!"一问一答，简单的招呼，从巷子走进去要进行成百次的反复。到了"中"字里的那个方块处，这便是巷子的集中区域，屋舍一律东西方向，分成无数个岔道，宽者一米二三，窄者不足三尺，门和门直对，窗和窗直对，一个岔道又形成了独立的胡同。结构的复杂，似乎每一个地方都可以和任何地方接通，每一个地方又都可以和任何地方堵塞，像八卦阵一样，暗道机关，只有这个巷子的人才会知道。屋舍的高低不一，宽窄不一，造型不一，一切恰如其分地占领着位置，又都在互相依赖，如果搬倒一家屋舍，便极有可能导致整个巷子的倒坍。完全可以看出，早先的房子全然是土坯筑的，油毛毡在上盖了，压上砖头，便是屋顶，墙头上就长出厚厚一层墨绿色的苔藓。现在却差不多翻修成了瓦房，有方块瓦的，有机制瓦的，有石棉瓦的，也有高等住宅，则是一砖到顶的二层平顶小楼。我们的住房是属于那老式的结构，你永远也不会相信这竟也是两层楼呢！楼下的房子暗极了，虽然一切家具都是现代化了：电镀桌、电镀椅、电视机、电风扇、洗衣机、柜钟，但都失去了闪光的色彩。顺着门后的墙角，是靠着一把木梯的，直上直下，用铁丝固定在墙上；爬着上去，那里更是一个黑暗的去处。还好，电灯的开关就在梯子上头，拉开了才见里边是支有一张床呢。这样的楼上卧室家家都有，一上去就得睡下，一起床就得坐起，刮风风从四面可以进来，下雨雨声就在脑门之上，但无风无雨的月明之夜，那却是收听站，楼下的左边右边，前边后边，一切谈论听得清楚，家事、国事、天下事，分辨着那谈论人的口气、语调，便可想象得出那举止、神气，滋味是读任何报纸也不能比拟的。

在最小的范围内，囊括最丰富的内容，这是这条巷子的神秘处，也是这条巷子里的河南人的神奇处。简直像是一个被打开的收音机，一切线路眼花缭乱地呈现出来，虽然错综复杂，却一切各有规律。人和人相处太近了，人和人就各自十二分地熟悉，别人是如何的走势，如何的坐态，甚至一声咳嗽，闭上眼睛也能分辨出来，如果一个生人，要趁乱走进来，立即就要被全巷人发现了。"你找谁？"必是有人起来发问的，这倒不是怀疑生人是"非偷即抢"，而是担心会陷入迷魂阵，曾经发生过许多人在这里转来转去，寻不着要去的人家，而竟最后又苦于不能出去。

巷子里是有空闲的时候，那是有工作的都去上班走了，龙钟的退休老人便成了巷子的警察和清洁工。他们会认真地打扫清一切角落，然后就喜欢蹲在南北两个巷口，只要守住这两个巷口，巷子里一切便安全无事。他们开始悠闲地吸烟，烟是上好的水烟，又拌了香油、香精，装在特制的木头旋出的圆盒里，揉出一丸一丸豆粒大小的烟团塞在竹根管做成的烟袋里，吸一下，烟全然入口，这便是最醉心的"一口香"了。一连吸过二十袋、三十袋，香味浓浓地飘满了巷子，他们就闭上眼睛，靠在路灯杆下做一个长长久久的过足瘾后的遐想。最紧张的，却要算一早一晚在厕所的门口了。厕所只有两个，一个在方块的东北角，一个在方块的西南角，黎明起来，家家要倒便盆，到了晚上，尤其是一场精彩的电视刚刚完毕，去厕所的小道上就队如长龙。上完厕所，就又要去巷头唯一的水管处挑水，吃和排是人生的两项最重大的工作，那挑水又常常是两个小时、三个小时的心平气和的等待。

可怜这条巷子，冬天倒还罢了，因为人多炉子多热气多，雪落得总比大街上要薄，一到了夏天，却是彻夜的不能安宁。他们咒诅着这个季节。家家可以什么也没有，但不能没有风扇，扇出来的风却一样还是热的。家与家太近，打开窗子就得拉上窗帘，多少新婚夫妇的夏季蜜月，那简直是一种热水里的生活。几乎成了没有办法的习惯，男人一进巷第一件事就是剥光上衣，老少都穿短裤，吃饭一律到大巷口去，一碗饭，一身水，一场代价很高的劳作。到睡觉了，就各自占地安床，老的来睡，少的来睡，男的来睡，女的也来睡，直把那巷道挤得只有一尺来宽，夜里挑水的人小心翼翼地走过，也曾发生过水溅了两边的人头，桶撞了熟睡人的牙齿的事件。

环境的限制，迫使着这里的人们只能团结，不能分裂。以前有两家闹翻了脸，互相报复的机会就十分方便：你今夜将我窗下的炉子灭了火，我明夜在你檐下的水缸里撒了土，动起脚，又没有斗打的场地，那门前台阶上的大小物什就遭到了毁坏，而且又波及四邻，一辆自行车倒了，哗哗哗倒下一片，一个污水桶翻了，污水汩汩汩漫流到各家，结果全胡同声讨，两家也后悔。教训使他们懂得了"克己复礼"：利人利己。所以，自此以后，一家来了客，炉火突然灭了，隔壁的宁肯自己饿着，也要将炉子搬来让给客人做饭；一天三顿，谁家饭好，谁家饭差，大家都知道，孩子们只要端着小碗，一巷子的好饭就都吃了；白日里在巷道拉上无数道绳晾上衣服，衣服是各家都有，五颜六色，进巷如迎接外宾的彩旗，但谁也不会收错，即使夜里有谁忘记收了，就会有人大声喊：谁的衣服没收？谁的衣服没收？

河南人的耐忍是和他们的吃苦能干一样著称于这个城市的，他们一代一代居住在这里，使他们作为人的本性中恶的成分没有滋生和扩张，而是极大限度地萌长着美的成分。他们注重本质的纯朴、正直和自强不息，也讲究着外表的端庄、大方和修饰打扮。但是使他们伤心的是不能办一个花坛，便只好家家将盆花放在屋顶上，一有空就爬上去侍弄，夸耀着各自的鲜艳，这高高低低的屋顶就成了他们最有色彩的地方。整个区域，一共是六棵树，这树就是他们的圣物，节日要给树上挂彩带，腊八要给树上放米粥。树是早年建房时就长的，因为房子的拥挤，长得十分细，也十分高，春天来没来，树是他们的消息；天上有风没风，树是他们的预报。当偶尔有一群鸟儿落在那树上，树一个快活的惊悸，他们的心颤酥酥地感到了身心的快活。

他们热爱着养他们的西安古城，但他们毕竟怀念生他们的河南故乡。当河南的剧团来西安演出，他们必是全巷出动，集体订票；常常就在早晨起来，谁家妹子细声细气唱几句"银环"，立即就有了"栓保"的回唱，接着，唱"栓保妈"的也有，唱"栓保爹"的也有。当某个老头回了一次老家，说起河南的水利建设如何好了，收成如何好了，这人就红火了一巷，这家请，那家叫，烟酒供上聊话儿，末了一起为河南的富强干杯。家家都继承着一种风俗：在墙上悬挂五个六个相框。那里边是装有几代人的相片，相片是他们的家史，有老一辈的，记载着初到西安的经历：先是捡破烂、蹬三轮车，再是开饭店、摆地摊，后是进工厂、开机器……老年人就要大讲他们的处世哲学了：苦要耐得，福得知享，大苦中才有福。当然，言语之间，他们也多多少少流露出一些异乡人的情感，只是盼望儿女们若要成家能找河南老乡。但是，后辈们却越来越多地要将陕西的姑娘领进家来见公公婆婆，或者自己的姑娘去进了陕西人的小四合院里去当了人家的媳妇。事实证明着年老人的婚姻思想的过时，新的家庭的和睦，生活的幸福使他们明白，河南人和陕西人都是轩辕的子孙，在西安的这块土地上，他们有责任合二为一地建设好这个城市。

我常想，这条巷子，如同那些小四合院，或许还要在一定的时间里继续保留在西安城里，其人口的密度还会要越来越大，但是，矮小的房屋住的是高高大大的人群，艰苦的环境培养的是不屈不挠的性格。我们眼见得巷子里的大学生不是一代比一代增多了吗？在整个巷子里，最受崇敬的要算是住在巷头的那位年轻的城建局工程师了，每天晚上，人们都要拥进他家去询问城市建设的情况。某某大街要扩修，他高兴，我们也高兴；某某地方要建一座大商场，他激动，我们也欢呼。为了西安将来人人都住上舒适的房子，这个巷子里的人默默地又是甘心情愿地在这里拥挤。当空闲的时候，这些人们总喜欢一家一家去那高高的城墙上俯视这个城市，孩子们就在那里放起了各种各样的风筝，风筝飘在城墙的上空，飘在我们巷子的上空，飘在西安城的上空，孩子们在锐声叫喊，大人们也在锐声叫喊，一会儿是"中！中！"，一会儿又是"妙！妙！"，这时候，城墙下的两个外地游客，瞧见了我们的狂样，我听见他们在说："这群人怎样啦？又说陕西话，又说河南话，准是喝醉酒了？！"

草于一九八三年五月十三日夜

牌　玩

如果今日得空，就玩麻将牌去。

不用在怀里揣了攮子，都是熟人，吃喝花用不论你我，场面上闹不起黑脸白眼。也用不着带身份证，玩的是五分钱一角钱的注儿，公安局的摩托车不会突然地出现在门前。要带就带上愁苦烦恼和一揽子的百无聊赖，拿几个零钱去买个痛快吧。

茶泡好了，烟也叼上，哗啦，哗啦，哗哗啦啦，当兵的双手能打枪，咱十个指头一齐动，各摆九摞，砰地一合，随手又丢去一摞，这动作多风流潇洒，若要幽默，咱就称这是义务修长城吧，或者叫作学习164号文件吧。各人将各人的零票子已经点清了放在旁边，请注意这不是要赌而重在搏，"人生难得几回搏"，运动场上这么说，牌场上为什么不能这么说？运动场为国争光的之所以是金牌而不是铁牌或泥牌，牌场上当然要金钱论输赢了。钱是好东西，倘若少一分，你纵然在商店给售货员笑个没死没活，那货品你只能看，你不能拿。美国竞选总统，竞选者是不敢有情妇的，你对你的妻子都不忠诚，你会对国人忠诚吗？法国人交朋友，绝不交铤而走险的，你连你的生命都不珍惜，你能珍惜朋友吗？那么在中国的时下，你连钱都不爱，你还会爱什么？爱钱不可耻。但不能唯此为大，那么，就宣布钱票子一律装在鞋里踩在脚下吧，踩，人永远主宰它，它永远不主宰人！

好了，好了，别耽搁时间，八只手在桌面上都急得抖起来了。瞧多激动的手，一个一个指头涨得通红，指头与指头相互是认得的，上次输了的，这次一心要东山再起；上次赢了的，风光了一次还要风光。有的开始在试验摸某一张牌了，上下反复搓，如赛前的运动员在做各种预备动作，有的慢慢地一次搓上去，一副哲学家的老谋深算，更多的手指头稳在那里，指甲像一面面盾牌，你能感觉到盾牌之后的眈眈视眼。反正，红布即将出现在斗牛面前，气氛紧张到极点，幸亏指头不长心，否则全犯心肌梗塞了。

抓牌开始，开始了反倒一切平静。玩牌人没有打过仗，但枪一响，老子今天就死在战场上了，能在战壕里掏出女人的照片亲一口，能在间隙中打个盹或是下一盘棋，这景况咱们是体验了，理解了。大家开始说戏谑的话，夸讲谁是"刀子手"，刀子虽然曾剜过自己的肉，还大度地恭维；又作践谁是"老送"，虽然人家输给了你，却仍竭尽嘲笑和鄙视。残酷的竞争在这种友好的气氛里悄悄进展，戏谑之语遂渐渐停止，因为有人一盘不和，又一盘还不和，虽然是"千刀万剐不和第一把"，虽然是"好汉不赢前三盘"，但已经一圈两圈下来了仍未有和，细细的汗珠就在鼻尖沁现了。高潮一旦产生，有的在虚张声势，连呼好牌，有的干脆暗倒了，挽起袖子大幅度做自摸的动作，胆小的浑身燥热，稳健的不动声色，有的将打出的牌偏要放在某一位面前让其和。突然有人自摸到手了，迅雷不及掩耳地两声爆响，一声是将夹张的二饼重重地砸磕在桌面上，但牌已断裂，看到的是一个一饼，另一声则是飞起的那半截到了水泥楼顶上，飞丢的是另一个一饼。这响声如广岛的原子弹爆炸，巨大的欢乐使一个人的心神粉碎到了半空，巨大的沮丧同时使三个人一下子推乱了牌摞，脸灰得如摔了土袋。

好吧，看下一盘吧，盯着自己的牌，更盯着桌上的牌，下家打出个六万，我也打六万，留着白板拆副儿打，我宁肯不和你也别和。做最精细的计算，捕捉突然的感觉，分析整个局势，这里需要的是浑身的解数；看他的眼神，尤其是眉宇间一闪即逝的东西，看他手的下意识的动向，别瞧他轻松地哼曲或者旁若无事地不停地调整牌的位置。声东击西，瞒天过海，明修栈道，暗度陈仓，三十六计全然使得。你盯我，他盯你，周而复始，恶性循环，四个人谁都是谁的坟墓。如此这般沉沉浮浮，牌技方得提高，似乎明白了官场上的一切奥秘，只是那种斗争上升到了一种艺术吧。遂作想，一个兵由班长到排长到连长营长团长直到军长那真正是在战场上的军人，而一个人由生产队长到村长到乡长到县长直到专员则必是踩着了多少人的肩膀上的政客，于是扬扬自得，凭咱这一套牌技也可以去当当什么领导了！但是，这想法玩牌人只是偶然闪动，最大是那么会心一笑而已，因为官场上仍还凭靠山后门，牌场上的机会却永远是人人平等。你的牌再好，有时却就是不和，你的牌有时糟到了极点，几乎完全丧失了信心，终了却是和了。世界是神秘的，麻将牌更神秘，有神使和鬼差，使每个人都诚惶诚恐了。牌再坏，不能骂牌，骂的是自己的手"臭"，骂的是自己坐错了方位，骂的是自己尿憋了没有去"放毒水"，如果想啥来啥，则要将牌放在嘴上亲一口了。当然也要自我宽慰，"牌场上失意，情场上得意"啊，这么说着，还是一个劲地输，则疑惑"我是摸了女子的 × 了"？！好也是女人，坏也是女人，牌场上女人总是被骂的对象，这如同农人耕地不休止地骂牛一样。为了能赢，最后的手法是自己作践自己了，打出了牌又摸回来，少不得自己打自己的脸，要上庄，希望能连坐，宁肯说要坐个"母猪庄"。运气，运气，人人都在这神秘面前无可奈何；玩牌是人生，人生即游戏，试试近期的凶吉顺逆，玩牌是最好的征兆，绝对地胜过了庙堂里的抽签打卦。

到了这个时候，我们玩牌人进入了又一个境界，输赢已不在乎，赢了说一声："实在不好意思了。"输了的更豁达，说："拿去花吧，权当我赞助了！"狗皮袜子没反正，肉烂了在锅里，肥水没有外流，重要的不是输赢而是参与，友谊第一，痛快第一嘛，戏谑之声又甚嚣尘上。大家开始大讲玩牌之乐了，有的说牌场是观察人的好去处，谁个鸡肠小肚一输就喋喋不休，谁个轻佻浅薄，输了面如土色，赢了忘乎所以，谁个聪明反被聪明误，谁个输钱不输人，谁个大愚者其实大智。可笑诸葛亮知人善用凭的是出问题让下人回答，日本老板接收职员要查血型，如今组织部考察干部要翻档案，为什么不到牌场上一目即了然呢？！有的说玩牌能享乐到自由，十三张牌就是你的兵马，要留哪个留哪个，要开销哪个便开销，不考虑人际关系，不牵涉上下矛盾，不受外界影响，一切由我，我就是领导，我就是统帅，我就是拥有至高无上的权力。有的说玩牌是最好的心身放松，可以忘记单位领导的小鞋，可以忘记事业上的失败，可以忘记孩子的待业，可以忘记嘟嘟嚷嚷的老婆，工资调级，物价上涨，住房，税收，情人，性病，去他妈的全都忘了！

　　牌场终于结束了，痛快并未消退，接着的是吃。赢了的，反正是平白赢的，吃；输了的，能输起自己还吃不起？吃。数瓶的啤酒和一只烧鸡下肚了。饱嗝儿打过，吸一颗烟吧，深深地吸下肚，长长地又吐出来，突然间感到了一切都是空的，都是无聊，这一夜就这么过去了，新的太阳即将出来，烦恼的明日还得烦恼，愁苦的明日还得愁苦，即使在这天欲明未明之际回家去，那老婆会给开门吗？

　　来时带了愁苦烦恼和一揽子的百无聊赖要埋葬在牌场上，如今丢光了零钱又背上了愁苦烦恼和一揽子的百无聊赖该回走了。回走了，满地的是被嘴唇遗弃的烟头，心里想着这是人玩了牌还是牌玩了人，口里却说：喂，几时得空，再玩吧。

笑口常开

著作得以出版，殷切切送某人一册，扉页上恭正题写："赠×××先生存正。"一月过罢，偶尔去废旧书报收购店见到此册，遂折价买回，于扉页上那条题款下又恭正题写："再赠×××先生存正。"写毕邮走，踅进一家酒馆坐喝，不禁乐而开笑。

大学毕业，年届三十，婚姻难就，累得三朋四友八方搭线，但一次一次介绍终未能成就。忽一日，又有人送来游园票，郑重讲明已物色着一位姑娘，同意明日去公园××桥第三根栏杆下见面。黎明早起，赶去约会，等候的姑娘竟是两年前曾经别人介绍见过面的。姑娘说："怎么又是你?！"掉身而去。木木在桥上立了半晌，不禁乐而开笑。

好友×君，编辑十五年杂志，清苦贫困，英年早逝。保存下那一支笔和一副深度近视镜。租三轮车送亡友去火葬场火化，待化的队列冗长，忽见墙上张贴有"本场优待知识分子"，立即返回取来编辑证书，果然火化提前，免受尸体臭烂，不禁乐而开笑。

入厕所大便完毕，发现未带手纸，见旁边有被揩过的一片脏纸，应急欲用，却进来一个人蹲坑，只好等着那人便后先走。但那人也是没手纸，为难半天，也发现那片脏纸，企图我走后应急。如此相持许久，均心照不宣，后同时欲先下手为强，偏又进来一个，背一篓，挂一铁条，为捡废纸者；铁条一点，扎去脏纸入篓走了。两人对视，不禁乐而开笑。

居住于Ａ城的伯父，沉沦于二十年右派生涯，早妻离子散，平反后已垂垂暮老，多回忆早年英武及故友。我以他大学的一位女生名义去信慰藉，不想他立即复信，只好信来信往，谈当年的友情，谈数十年的思念，谈现在鳏寡人的处境，及至发展到黄昏恋。我半月一封，连续四年不断，且信中一再说要去见他，每次日期将至又以患病推延。伯父终老弱病倒，我去看他，临咽气说："我等不及她来了。她来了，你把这个箱子交她。"又说一句"我总没白活"。安详瞑目。掩埋了伯父，打开箱子，竟是我写给他的近百封信，得意为他在爱的幸福中度过晚年，不禁乐而开笑。

陪领导去某地开会，讨论席上，领导突然脖子发痒，用手去摸，摸出一个肉肉的小东西，脸色微红旋又若无其事说："我还以为是个虱子哩！"随手丢到地上。我低头往地上瞅，说："噢，我还以为不是个虱子哩！"会后领导去风景区旅游，而我被命令返回，列车上买一个鸡爪边嚼边想，不禁乐而开笑。

有了妻子便有了孩子，仍住在那不足十平方米的单间里。出差马上就要走了，一走又是一月，夫妻想亲热一下，孩子偏死不离家。妻说："小宝，爸爸要走了，你去商店打些酱油，给你爸爸做一顿好吃的吧！"孩子提了酱油瓶出门，我说："拿这个去。"给了一个大口浅底盘子，"别洒了啊！"孩子走了，关门立即行动。毕，赶忙去车站，于巷口远远看见孩子双手捧盘，一步一小心地回来，不禁乐而开笑。

夜里正在床上半醒半睡，有人影推门闪进来，在立柜里翻，翻出一堆破衣服和书报，扔了；再往架板上翻，翻出各类米袋子、面袋子和书报，扔了；在桌斗里又翻，是一堆读书卡片，凑眼前看了看，扔了。嘟囔了一句顺门便走，我在床上说："朋友，把门拉上，夜里有风的。"小偷把门拉上了。天明起来整理房间，一地乱书乱报，竟发现找了好久未找着一份资料，不禁乐而开笑。

上大街回来，挤了一身臭汗，牢骚道："用枪得在街十字路口扫一通！"回家一杯茶未喝尽，楼梯上步声杂乱，巷中有人呼："大街上有人用枪打死几十人了！"遂也往街上跑，街上人山人海，弯腰往里挤，问："尸体在哪儿？"一熟人说："不是说是你讲的吗？"忽记得那一句顺口的牢骚，不禁乐而开笑。

剧场里巧和一位官太太邻座，太太把持不住放一屁，四周骚哗，骂问："谁放的？不文明！"太太窘极不语，骂问声更甚。我站起说："我放的！"

众人骚哗即息，即以手做扇风状，太太也扇，畏我如臭物，回望她不禁乐而开笑。

出外突然有人迎面过来打招呼，立即停下，做疑惑状。"你不认识我了？""怎不认识！"于是握手，互问哪儿来，到哪儿去，互问老人康健孩子可乖，互说又胖了，又瘦了！半天的淡而无味的话。分手了，终想不起这是谁，不禁乐而开笑。

弄文学的穷朋友来家侃山，酒瘾发而酒瓶仅能控出一杯酒，取马鬃四根，各人蘸吮，却大声划拳："三匹马，五魁首……你一盅（鬃）！我一盅（鬃）！"窗外卖茶蛋的老妪对老翁说："怪不得咱出钱让人家写文章宣传咱不干，人家钱多酒量也大，喝了整晌也未醉！"听着不禁乐而开笑。

路过一条小巷，忽见有长队排出，以为又在出售紧俏物件了，急忙列入其中，排到跟前，方见是巷口唯一的厕所，居民等候出恭，不禁乐而开笑。

去给孩子买一双袜子，昨日看时价是一元，今日是一元二角，快快出店门，打响一个喷嚏，喷带出一口痰。正想是售货员在嘲笑我，我方有喷嚏打出，一位戴"卫管员"袖章的人却责斥我吐了痰要罚五角钱，掏出那一元钱，卫管员没零钱找，遂再当地吐一口，愤愤而走，走过十步，不禁乐而开笑。

出差去旅社住宿，服务员开发票，将"作协"写成"做鞋"，不禁乐而开笑。

夏月偏停电，爬十二层楼梯去办公室，气喘吁吁到门口了，门钥匙却和自行车钥匙系在一起，遗忘在车子锁孔了，不禁乐而开笑。

路遇一女子，回望我嫣然一笑，极感幸福，即趋而前去搭话，女子闪进一家商店，尾随入店，玻璃上映出自己衣服纽扣错位，不禁乐而开笑。

名字是自己的，别人却用得最多，不禁乐而开笑。

写完《笑口常开》草稿，去吸一根烟，反身要誊写时，草稿不见了，妻说："是不是一大页写过的纸，我上厕所用了。"惊呼："那是一篇散文！"妻说："白纸舍不得用，我只说写过的纸就没用了。"急奔厕所，幸而已臭但未全湿，捂鼻子抄出一份，不禁乐而开笑。

一九八九年二月二十七日于病室

一位作家

东边的高楼是十三层，西边的楼也是十三层，南边是条死胡同，北边又是高楼，还是十三层。他家房在那里，前墙单薄，后墙单薄，方正得像从高楼上抛下的一个纸盒，黝黑得又像是地底下冒出的一块仄石。楼上人说住在这里乐哉，他也说乐哉；楼上人见他乐哉了而又乐哉，他见楼上人瞧他乐哉而乐哉，也便越发更乐哉。他把楼不叫楼，叫山；三山相峙，巍巍峨峨，天晴之夜往上望去，可谓"山高月小"。楼上人称他房亦不可房，叫潭；遇着雨季，三层楼以下水雾迷茫，直待雨住，水仍流泻不及，可谓"水落石出"。

他曾买过电视机，可方位太不好，图像总是模糊，只好忍痛割爱转卖了。但表是走得极准的：十一点零五分，太阳准时照来；三点二十四分，太阳准时便归去。他会充分利用这天光地热：花盆端出来，鱼缸端出来，还有小孩的尿布，用竹竿高高挑起，那虽然并不金贵，但在他的眼里，却是幸福的旗子。

他从来不奢华，口很粗，什么都能吃，胃是好极好极的。只是嗜好香烟如命，一天一包，即使伤风感冒也吸吐不止。因为烟吸得多了，口里无味，便喜食辣子，面条里要有，稀饭里也要有，当然面条最好，但愿年年月月如此。再就爱书，坐下看，睡下看，走路也看，眼睛原本好好的，现在戴了眼镜，一圈一圈的，像个酒瓶底。于是，别人送他一副对联："片片面，面片片，专吃面片；书本本，本本书，专啃书本。"他看了，也不恼，说是两句都是一个"专"字，不符合对仗，下联该改成"尽"字为妙。

他极善的心性，妻子亦善极。结婚五年，谁也不嫌弃这所房子。白日一个勺把，夜里一个枕头；爱情固然亲密，生活提供他们的这点地方，窄小得也只能亲密。房内是分为三处的：北墙下一张桌子，那是他的世界，独来独往。墙上贴名画，桌边堆书籍报刊：普希金的也有，舒婷的也有，曹雪芹的也有，王蒙的也有。有的红蓝黑笔画满圈圈道道；有的打开，久而不合，纸被灰尘浸得昏黄。桌上一铜钱厚灰土，但一个小三角洁净异常：一角是经常放纸，两角是经常搁肘。东墙角是一台缝纫机，那是妻的天下。要是缝补，脚在下踩，手在上拉，她是机器的主人。缝完好，补完了，机头放下，台布铺好，压一块光亮亮的玻璃，下放她的照片，他的照片，她和他的接班人的照片：全都着色，红是润红，白是嫩白。西墙下一个小柜，那是儿子的王国，文有画册，武有手枪，积木、魔方塞得狼藉。诸侯割据，三国鼎立，谁也不能侵犯谁，只有南墙下一张大床上，和平共处，至亲至善。可惜光线太暗了，他刮胡子要到门外，妻梳头发要开灯对镜。他便叫来纸糊匠，将顶棚如烟囱一般直扎而上，上边揭瓦嵌块玻璃，算是天窗。从此房子明亮，却如站在井口往下看，幽幽一片神秘，但确实更像是坐井观天，天是一块方镜。白日，太阳照下，光束一柱，儿嚷道要爬柱而上；夜晚，一家吃饭，星月在镜中，他就来个"举杯邀明月"，三杯便醉。

什么都可满足，只是时间总觉不够。白日十二个小时，他要掰成几瓣：要给吃喝，要给儿子，要给工作，要给写作。早晨妻为儿子穿戴，他去巷口挑水，小米稀饭常常便溢了锅。吃罢饭，妻工厂远，先走了，他洗锅刷碗，送儿子到幼儿园。儿子不肯去，横说竖劝，软硬兼施，末了还得打屁股，一路铃声不停，一路哭声不绝。晚上回来，车后捎了菜，饭他却是不做的，衣服他也是不洗的，进门就坐在桌前写。纸是一张一张地揭，烟是一根一根地抽，"文章无根，全凭烟熏"这真理他是信的。妻接了儿子回来，大声不出，脚步轻移，开炉子，擀面条，热腾腾地捞上一碗了，却不叫他名，偏让儿喊爸。吃罢饭，一个又是写，一个去洗衣；写好了，他爱哼秦腔，却走腔变调，儿说是拉锯呢。妻让念念他的著作，他绘声绘色，念毕了，妻说"不好"他便沉默，若说"好"字，他又满脸得意，说是知音，过去"嘣"的一声，飞吻一口。儿子嫉妒，也要叫吻他，立时爸吻了娘再吻儿：一个快乐分成三个快乐也！

天天在写，月月在写，人变得"形如饿鬼"了。但稿子一篇一篇源源不断地寄出去了，又一篇一篇源源不断地退回来了。编辑不复信，总是一张铅印退稿条，有时还填个名姓，有时则名姓也不填。妻说："你没后门吧？"他说："这不同于别的事！"一脸清高。妻再说："人家都千儿八百有稿费，你连个铅字都印不出。"他倒动气了："写作是为了钱？！"妻要又说一句："你怕不是搞这行的料？"他答一声"哪里"！却再不言语了。到了床上，还在构思，如临产的妇女，辗侧不已。妻就猫儿似的悄然，他不忍了，黑暗里还在说："你要支持我哩……"

他眼泡常是红肿的，那是熬夜熬的；他嘴唇常是黑黄的，那是抽烟抽的。衣虽然肮脏，但稿件上却不允有半个黑疙瘩；脸虽然枯瘦，但文中人物却都尽极俊美；甚至他一切不修边幅，但要求儿子、妻子却要时兴。妻说这是怪毛病，他说：我是缺少的太多了，我也是需要的太多了。他羡慕别人发表了作品，更眼红别人作品得奖。他有时很伤感，偷偷抹了泪。但他又相信自己，因为风声、雨声、国事、家事，他装了一肚子故事。要歌唱，但没有一把琴；要演说，又没有讲台；只有这支笔写出来给自己看，给世人看。但是稿件发表不了，他苦恼，妻更焦心，妻便是他第一个读者，也是他最后一个读者；读者虽少，但总算有了读者，他心里安妥了许多。

可怜的是人到了中年，上有父母，年纪都大了；下有儿子，正是淘气时候。月初发工资，他要算着开支：第一件事是给老家邮十元，第二件是给儿子买玩具，承上启下，这是雷打而不动。再是为他买稿纸，再是为她购化妆品。他呢，一辆自行车，除了铃不响浑身都响；一件夹克，翻过来也是穿，翻过去也是穿。老母常接来，吃不起鱼虾，就买猪头；一个蒸馍，夹半个猪耳朵，双手递在娘手里。夫妻两个说不上是举案齐眉，倒也是头上是天，各顶一半，有了也去吃螃蟹，没了就烧面疙瘩汤，心里快活，喝口凉水也是甜的。他们老听见楼上的一对夫妻打架，鞋子、枕头从窗口飞下来。他们不明白，那家电视机有，洗衣机有，打的什么架？更有听说某某"长"的老婆空虚无聊而自杀了，便要谈说几天，百思不得一解。

世人都盼星期天，他也盼星期天。世人星期天上大街，逛公园，他星期天关门就写作。写得累了，对着方镜看看天，再对着窗子看看楼的山。山上层层有凉台，台台种花草，养鱼鸟，城市的大自然都压缩在一个凉台上了。有的洗了被单挂着，他想象那是白云：云卧而不散，深处必有人家？有的办家庭舞会，他醉心是仙乐从天而降，吟出一句"我欲乘风归去，又恐琼楼玉宇，高处不胜寒"。当层层凉台都坐了人，老的、少的、男的、女的，他就乐得哧哧笑，说像是麦积山的佛龛。他走出门来，楼上有认识的，一上一下寒暄几句；不认识的，给他一个笑脸儿，他还一个笑脸儿。有的问："还在写吗？"答："还在写。"就有人劝他别受苦，他哼一声，进屋把门关了。他干不了投机倒把，又不会去炸油条做生意，让他在家闲着？楼上楼下的女人他都看了，没一个有他妻子漂亮；巷口巷尾的扑克摊上，妻子也看了，从没他的身影：是是非非不沾身，公安局人来了心不惊。一个美丽，一个高尚，合二为一，光荣门第。

坐小车的不到他房子来，这是肯定的。但三朋四友却踢破了门：有做工的，有跑堂的，有卖菜的，有开车的。来了，有酒且酌，无酒且止，宾主坐列无序，谈笑天空地阔。这个讲他工厂里一个好的书记，那个骂街道一个流氓泼皮；说起天下大事，哪儿丰收了，眉飞色舞；哪儿受灾了，一脸愁云。直谈到零时交接，客人走了，弥一屋烟雾，留一地烟蒂，妻也不恼，他也不烦，拉开稿纸又写起来。大的故事写长篇，小的素材写小品。北京的大出版社也敢投，市报的"刺猬"栏也看上投；发不发是编辑的事，写不写他有责任。要不对不起三朋四友，也对不起自己的良心。常常一写一夜，妻子也得了毛病：不开灯倒睡不着，不闻烟倒鼻不通。

最乐趣的是稿件往外投，信封严严实实地糊，邮票端端正正地贴，夫妻到邮局去，让儿子拿着往邮筒里塞。塞进去了，塞进了三颗扑腾腾跳跃的心。于是，大马路显得宽广，行人脸上都笑笑的，他抱了儿子就前边跑，妻便咯咯地后边追。穿大街，过小道，钻胡同，绕窄巷，到了家门口。进门包饺子吃吧，他剁馅，她擀皮；一个说这篇稿件能发表，一个说先不敢声张露了气；一个说发表了稿费买个沙发，一个说沙发太贵买藤椅。儿子问：爸爸挣钱了吗？做娘的说：爸爸是生活上的小人，道德上的伟人，经济上的穷光蛋，精神上的大富翁。儿子听不懂，问爸爸是干什么工作？回答是："作家。""作家！作家！"儿子喊起来，外边人都知道了。慢慢传开，都传说这里有一个下班回来，"坐家"的人。有懂行的，说此人不可小瞧，现在是搞业余写作，说不定将来真成气候，要去作协工作呢。楼上几个老太太便如梦初醒，但却瘪了嘴：哦，原来是个"做鞋"的?!

一九八二年十二月十八日作于静虚村

小　楚

　　小楚是一只狗，走狗。它被卖到圈圈家之前，圈圈是饲着一只猫的，猫很漂亮，有些狐相，圈圈的老婆就把猫装在纸盒里扔到垃圾车上去了。圈圈和老婆再去宠物市场，老婆却一定要买了小楚回来。小楚是哈巴族的，短短的腿，嘴脸可笑，老婆偏说她爱嘛。

　　圈圈家的饭是圈圈做的，他上班回来得再晚，老婆也要坐在沙发上等他，还要说：饿死我了，饿死我了！但小楚却顿顿定时有猪肝吃，是老婆亲自上街买的。老婆有买时装的嗜好，圈圈最怕的就是逛商店，但不能不陪了去。现在，老婆在街上走，左边厮跟的是小楚，右边厮跟的是圈圈，小楚和圈圈都戴着墨镜。

　　小楚眼长腿短，有时会直起上身来朝床上看，趔趄趔趄地要上去，老婆就嚼泡泡糖逗小楚，叭，叭，泡儿吹得很大了，沾在了鼻尖上。圈圈顿时没了兴趣，翻身坐在了床沿上恨小楚，说：你狗东西，狗东西！小楚也恨他，说：汪！

　　圈圈在洗衣服的时候，有时就发脾气，将老婆的内衣扔出盆子，老婆说：别人想洗还不让呢！圈圈想想，也是，就高兴了。洗好的衣服晾在凉台上，圈圈偏把内衣挂得高，每当老婆唤小楚去收了内衣来穿，小楚在衣绳下一跳一跳地抓不着，他就得意的，而且装着什么也不知道，坐到厅里去看报纸。小楚最能效力的是替老婆叼鞋子，它看不见老婆梳了什么发型，穿了什么上衣，目光唯一看到的是鞋子，所以一有空就把有高跟的鞋子全叼在沙发上玩。

　　一次圈圈又陪老婆上街，当然还有小楚。街上的人很多，圈圈发现后边有一个也穿着同老婆一样鞋子的女人，就故意缓下步来，待和那女人一起了，他突然亲昵地把老婆抱起来，指点一家商店橱窗里的时装，两人就在橱窗前站住。小楚竟不知，跟着那个女人的鞋只往前走了。两人看了一会儿衣服，老婆唤：小楚小楚。没有回应，扭头张望，小楚已跟着那个女人，欢碎着步儿正穿过马路，一辆车就疾驶而来，女人一跃身闪过了，小楚腿短，也一跃，却正好跃在车轮下，便被碾死了。

　　在郊外掘坑埋小楚的时候，圈圈的老婆把自己的那双鞋也埋进去，圈圈没反对，只是想：狗到底不如人，只会跟鞋走。

　　　　　　　　　　　　　　一九九五年四月十一日下午

吃　烟

　　吃烟是只吃不屙，属艺术的食品和艺术的行为，应该为少数人享用，如皇宫寝室中的黄色被褥，警察的电棒，失眠者的安定片。现在吃烟的人却太多，所以得禁止。

　　禁止哮喘病患者吃烟，哮喘本来痰多，吃烟咳咳嘎嘎的，坏烟的名节。禁止女人吃烟，烟性为火，女性为水，水火生来不相容的。禁止医生吃烟，烟是火之因，医是病之因，同都是因，犯忌讳。禁止兔唇人吃烟，他们噙不住香烟。禁止长胡须的人吃烟，烟囱上从来不长草的。

　　留下了吃烟的少部分人，他们就与菩萨同在，因为菩萨像前的香炉里终日香烟袅袅，菩萨也是吃烟的。与黄鼠狼子同舞，黄鼠狼子在洞里，烟一熏就出来了。与龟同默，龟吃烟吃得盖壳都焦黄焦黄。还可以与驴同嚎，瞧呀，驴这老烟鬼将多么大的烟袋锅儿别在腰里！

　　我是吃烟的，属相上为龙，云要从龙，才吃烟吞吐烟雾要做云的。我吃烟的原则是吃时不把烟分散给他人，宁肯给他人钱，钱宜散不宜聚，烟是自焚身亡的忠义之士，却不能让与的。而且我坚信一方水土养一方人，是中国人就吃中国烟，是本地人就吃本地烟，如我数年里只吃"猴王"。

　　杭州的一个寺里有副门联，是："是命也是运也，缓缓而行；为名乎为利乎，坐坐再去。"忙忙人生，坐下来干啥，坐下来吃烟。

一九九六年十一月二十六日夜戏笔

手　术

　　害了十多年的病，没有挨过刀子，只说病是病，我是我，谁也奈何不了谁，可大话说过不久，刀子就动在肛门上了。有痔疮的日子已久，从未提到议事日程上来——原本是大粪世家嘛，怕什么不卫生？五月初复发的病，用镜子照（第一回委屈了镜子），樱桃般的，感觉里却有核桃大，躺了两天不好，听人说南利亚大夫研制了"一针灵"，就让他看看。他一看便满脸做变：得动手术！我说能不能不割，人体是有风水的。南大夫说，要是"资本主义尾巴"倒不用割的，可现在已成血栓，若再发展，极可能就形成瘘管。瘘管我是见过别人的，痛苦不知道，恶心人却是领教过的。于是便蜷身在手术台上，类如马虾的那种。我说，我不怕的，不怕！可说着，大夫的手摸到哪儿，哪儿的肌肉就颤动。麻醉针扎下去，啊的一声，气都要闭过去了，终于明白这个"醉"字起得并不好，麻醉和酒醉绝对不是一回事……我开始听到刀子的划动声，剪子的铰动声，我咬着牙硬不吭，因为护士是一位年轻漂亮的小姐，又爱好文学，我已经失去了好的形象，不能丢人太深，脑子里就想着赤膊刮骨的关公，想着战场上的勇士，肚子打破了，拖着一地的肠子还往前冲……护士说："别紧张，现在还疼吗？"放松了一下，其实什么也不疼了，真正是头还活着，屁股是"死"了。于是又想，人一上手术台，医生视人就是一头猪了，一堆肉了，文学上讲的看山是山看水是水，看山不是山看水不是水，恐怕是一样的境界。还在作想，大夫说："完了！"我猛地以为说我是完了。他拍拍我的屁股要我站起来，原来手术结束了！十分钟的手术彻

73

底结束了。我看见他眼镜上溅着鲜血，手里拿着黄豆大的瘀血块儿一颗，绿豆大的瘀血块儿五颗，还笑着说："这是你的，你收留不？"如果是蚌里的珍珠我要的，那玩意儿就丢进垃圾桶，而且极度的羞耻感上了脸：那个部位，几十年里，我看不到，别人也未看过，现在大夫知道了，护士也知道，甚至还拍了照片。南大夫是痔瘘病专家，他的诊室四壁，贴满了人的屁股，他取笑着说："把你的是不是也贴上去？你是著名作家，这也是著名屁股嘛！"我当然把照片收藏了，但悲哀我再没有什么隐私了。

对于手术过后，我不能说不疼，疼，而且很疼。这是医学上现在还不能够解决的事。我趴在床上，想人活在世上真有意思，凡是身上的东西没有一处不是重要的。俗话说，人活脸，树活皮，平日把脸看得那么贵重，其实屁股才需要最善待。在它没有病的时候，我们几乎忘记了它的功能，一有了病，才知道做任何事情，比如拿东西、笑、怒、咳嗽，它都在用力。人身上的神经如果是网兜，它就是网兜口。我们习惯了一种思维，总是把世上的事分为高贵和低贱，也习惯了以这种思维对待身上的部位。现在，名呀利呀，声色犬马，一切都不想了，只求得不疼痛，不疼痛就是世上最幸福的人。我生来多病，每生一次病，就如读一本哲学书，在手术疼痛的日子里，我鼓励我的是，长疼不如短疼吧，疼过这正常的疼，我就有一个好的屁股了。甚至还有一种感觉，多年来坎坎坷坷，总是做一件事要带出许多后患，是不是未留后路或不注意疏通后路，入水不想出水，如今疏通了出处，往后一切都要顺当了吧？

人从动物衍变成人的好处是通过劳动而创造了世界，人从动物衍变成人的唯一坏处是人直立了，能坐了，生出痔疮来（走兽是从未有害痔疮的）。但人有痔疮，使人清醒了人生（就像强壮的俊男美女害有痔疮）常常是尴尬和有难言之苦。所以，我倒珍视起了我这次疼痛。以前我写过一篇文章《坐佛》的，这回不能坐了，就卧着吧，不知能不能卧出个佛来。

一九九五年五月二十九日于西安

震后小记

二〇〇八年五月十二日十四时二十八分，四川汶川一带发生八级地震，西安震感强烈，当时我正在工作室午休，经历了一场生死惊恐。

我的工作室离我居家的地方较远，我题为上书房，即永松路一座公寓最上边的书房，十三楼，上下两层，挑室结构，面积近二百平方米。每个房间靠墙都竖有大型的木格玻璃柜，下三格装着书籍，上三格放了各类收藏的古董，柜子上又紧挨着摆满秦、汉、唐时期的陶罐。而书案上以及案左和案前的木架上又摆放了数十尊石的木的铜的佛像和奇石、瓷器。地上也随处堆着书籍、石雕、砖刻、根艺、缸盆。我是前一星期在成都办书画展，展览期间去游历的地方正是四川重灾区，如绵阳、德阳、都江堰、绵竹、广元等。书画作品带回后还未装框，数十个四尺到八尺不等的玻璃镜框就倚靠在二层书画间的柜前，或二层楼沿栏里。五月十一日，即前一天晚上，得一彩绘云纹的桃木柱，粗若盆口，高近一米，立于书案前的巨型汉罐上的瓷盆中，其状如祥云涌出，很是喜欢，还说上书房多有佛像镇宅，又添桃木柱可以避邪，就摆弄到深夜才离开。

十二日一早，从居家处到工作室，惦记着这一天是释迦牟尼佛诞日，要在诸佛像前敬香。敬过香了，读了一阵《山海经》，有人敲门，是抱了一捆书要求签名。十二点下楼在街上吃饭，饭后困顿，便在卧间的小床上休息，地震就发生了。那时正睡得沉，床摇晃不已，我属相是龙，平日好龙的形象，在梦里似乎身处云上，还说：云从龙。突然醒来，床已如浪中船舟，差点被簸下床，意识到地震了，急往外跑。地板已立脚不稳，踉跄着到客厅，人像过浮桥，跑不动，便听见写作间声响一片，有什么在撞，在倒，在碎，咕哩咯喱，有什么在砸下来，断裂声尖锐恐怖，接着又是一声巨响，似乎在二层书画间。心想：楼要垮了，楼顶已经开始垮了！扑到大门口，拉开了门，门还未扭曲能拉开，楼道上没有人，那一盆橡皮树连盆带树在跳，估计已逃不出去了，想就站在门框下，又觉得不对，想返回洗手间，又怕客厅的柜子上东西砸下来，就去按电梯，意识到电梯不能乘，就顺楼梯往下跑。跑到十二层，感觉楼梯要掉了，因为楼梯是水泥部件，里边并没多少钢筋吧，就听见书房里倒塌和破碎声更大，如电影里常见的那种镜头，人在前边跑，身后一切都爆炸了。瞬间里想：跑不下去了，十三层楼怎么能跑得下去?！到了十层，一男子也往下跑，还有一老太太，老太太举着手，给我说：我没关门！我没关门！我说：我也没关，快跑，快！老太太跑不动，她挡着我的路，但我不能超过她，更不能拨开她，就在她身后，防着她跌倒。终于和老太太跑下一层，出了楼道，楼前空地上站满了人，个个面如土色，一男子只穿了条裤衩，一女的光脚抱着小孩儿，小孩儿在哭。有人在喊：往街上跑，楼要塌啦！人群又往街上跑，街道上人黑压压一片。

到了街上，地再未动，楼也没见塌，所有人都在打手机，手机竟然打不通，骂现代化没用，有人就把手机摔了。更多的人在叫苦，屋门未关，担心被盗，但没人敢再上楼，有人说：盗不了，贼也怕死的。仍有一群人一直盯着楼门洞。

差不多两个小时后，有人的手机上偶尔出现一条信息，立即互相传着，是四川汶川地震，西安只是波及。既然西安不是震源区，人心稍定，人群就开始谈刚才各自的经历，楼层低的人在说桌子在跳，鱼缸中的水泼了出来，一老头头晕，以为血压又高了，忙去取药，人就跌坐地上，一人正吃饭，夹了饺子往嘴里送，却送到了鼻子上。楼层高的人在说晃动有近乎一米，衣柜就倒了，饮水器倒了，水像蛇一样满地钻，他跑时头撞在墙上，在楼梯上又崴了脚，刚才不疼，现在咋肿成棉花包了。我浑身发软，脸上的肉都僵着，痴了眼看坐在街沿上的一个人，他的腿在抖，说：这阵咋抖哩？用手去按，脚抖得像装了弹簧。

我是直到晚上才约了几个朋友上楼去工作室，室内狼藉不堪，几乎不能插脚。经查，客厅案上的那尊三十余斤重的古铜佛像掉在地板上。此铜佛在"文革"中被砸开两半，我收藏时用胶粘合的，它掉下来，是先落在案下的条凳上，再落地，旧痕再次裂开，将地板砖砸出一个洞。客厅四个书柜里，一片零乱，虽玻璃门挡着，但小陶人鼻子蹭掉，硅化石栽倒，压烂瓷碗。写作间，靠在二层楼沿栏里的八尺镜框翻下来，又推倒了靠在楼层下的一个四米高的古门扇，再砸倒了地板上诸多摆设，玻璃破碎一地，镜框后背断裂，压折了养着的一株灵芝。八尺镜框翻下来，完全可以砸到空中的巨型吊灯，但没有砸到，可能是灯刚好摇摆过去后，镜框翻下来，但楼上的那个非洲大羊被镜框翻下时砸着，一犄角飞下来如长矛一样就扎在书桌前的书堆缝里。大吊灯亮着，是一镜框从墙上掉下来砸开了开关。小条案上的一尊木菩萨落地，断一手。书桌后架子上木佛落下，伤头冠一角。桌左架子上两个明清琉璃龙头坠地，一个断其座，一个成独眼。状如孔丘的奇石重约二十斤，滚下架子，幸好卡在架子与墙之间，未砸着地板。桌左前书柜顶上空出一个位置，柜下是一堆陶片。桌右书柜顶上空出两个位置，柜下是一堆彩陶碎片。彩绘云纹桃木柱从古汉罐上坠地，汉罐未伤，下一盘龙根艺断一角。桌对面架子上十多尊石佛还在，上边挂着的弘一法师书法镜框落下，玻璃已破。所有书柜书籍零乱，摆着的古董移位倾斜，一汉马断一足，一汉俑头平躺了，额角伤残。到卧间，还好，靠在墙角的画像石板倒在人面狮身的石雕上，竟然未断。急上跃层书画间，楼梯台阶上站立的两排小石狮尚完整，只是两个背了身去。门口靠立的另一八尺镜框横倒，玻璃一地，清代一对木门联交叉在门框内。一玻璃罩破碎。花架上的大砚台移位，砚台上的根艺凤凰坠落，断其颈。间内四壁靠立的文件柜顶上，原摆有数十马家窑彩陶罐，六个位置空了。门后一块重约百斤的石雕从宽凳上掉下。文件柜前斜靠的八个大画框全倒，砸坏了存放在那里的一灯具，玻璃碴和彩陶片搅在一起。四个人花了三个小时清理，垃圾装了四麻袋。

当天夜里，传说还有余震，再不敢睡，在地板上立一啤酒瓶，一直看电视新闻，五次觉得吊灯在动，惊跳起来，定睛才看到吊灯并未动。至四时，又觉吊灯摇，急唤家人外逃，在院中坐到六时，返屋，家人轮流值班，让我睡一会儿，却怎么也睡不着，总觉得床在晃，又坐起来守着那啤酒瓶。如此两天，如马惊了一般，又见人便说那天的惊恐，先听者表情丰富，随我惊乍，后说得多了，人家就说：你深呼吸，多做深呼吸。

我想这样一个问题：如果当时不在卧间午休，而在写作间，架子上和二层楼栏里的东西一齐往下落，我肯定跑不出去，即便跑出来必受重伤。再想一个问题：落下来的八尺镜框、羊犄角、陶罐、奇石，虽都有未放稳的原因，可那些木佛、石佛，甚至三十余斤重的铜佛，连同装着大符咒的玻璃框、彩绘云纹桃木柱不应该倒呀，却怎么也倒了，毁了？想通了，正是灾难到来，邪气所袭，这些东西挺身为我受难，以败坏自己发出响声催我逃离，这就如佩玉器，身有难时玉先碎而为人预兆。

如此思想，魂魄逐渐附体，才坐回书桌，记下此次惊恐和损失。

二〇〇八年五月十四日

秃 顶

脑袋上的毛如竹鞭乱窜，不是往上长就是往下长，所以秃顶的必然胡须旺。自从新中国的领袖不留胡须后，数十年间再不时兴美髯公，使剃须刀业和牙膏业发达，使香烟业更发达。但秃顶的人越来越多，那些治沙治荒的专家，可以使荒山野滩有了植被，偏偏无法在自己的秃顶上栽活一根发。头发和胡子的矛盾，是该长的不长，不该长的疯长，简直如"四人帮"时期的社会主义的苗和资本主义的草。

我在四年前是满头乌发，并不理会发对于人的重要，甚至感到麻烦，朋友常常要手插进我的发里，说摸一摸有没个乌蛋。但那个夏天，我的头发开始脱落，早晨起来枕头上总要软软地黏着那么几根，还打趣说：昨儿夜里有女人到我枕上来了?! 直到后来洗头，水面上一漂一层，我就紧张了，忙着去看医生，忙着抹生发膏。不济事的。愈是紧张地忙着治，愈是脱落厉害，终于秃顶了。

我的秃顶不属于空前，也不属于绝后，是中间秃，秃到如一块溜冰场了，四周的发就发干发皱，像一圈铁丝网。而同时，胡须又黑又密又硬，一日不刮就面目全非，头成了脸，脸成了头。

一秃顶，脑袋上的风水就变了，别人看我不是先前的我，我也怯了交际活动，把他的，世界日趋沙漠化，沙漠化到我的头上了，我感到了非常自卑。从那时起，我开始仇恨狮子，喜欢起了帽子。但夏天戴帽子，欲盖弥彰，别人原本不注意到我的头偏就让人知道了我是秃顶，那些爱戏谑的朋友往往在人稠广众之中，年轻美貌的姑娘面前，说："还有几根？能否送我一根，日后好拍卖啊！"脑袋不是屁股，可以有衣服包裹，可以有隐私，我索性丑陋就丑陋吧，出门赤着秃顶。没想无奈变成了率真和可爱，而人往往是以可爱才美丽起来，为此半年过去，我的秃顶已不成新闻，外人司空见惯，似乎觉得我原本就是秃了顶的，是理所当然该秃顶的。我呢，竟然又发现了秃顶还有秃顶的来由，秃顶还有秃顶的好处哩。

秃顶有秃顶的三大来由：

一、民间有理论：灵人不顶垂发。这理论必定是世世代代在大量的实情中总结出来的，那么，我就是聪明的了！

二、地质科学家讲，富矿的山上不长草。为此推断，我这颗脑袋已经不是普通的脑袋啊！

三、女人长发，发是雌性的象征。很久以来人类明显地有了雌化，秃顶正是对雌化的反动，该是上帝让肩负着雄的使命而来的。天降大任于我了，我不秃谁秃？！

秃顶有秃顶的十大好处：

一、省却洗理费。

二、没小辫子可抓。

三、能知冷知晒。

四、有虱子可以一眼看到。

五、随时准备上战场。

六、像佛陀一样慈悲为怀。

七、不被"削发为民"。

八、怒而不发冲冠。

九、长寿如龟。

十、不被误为发霉变坏。

现在，我常哼着的是一曲秃顶歌：秃，肉瘤，光溜溜，葫芦上釉，一根发没有，西瓜灯泡绣球，一轮明月照九州。我这么唱的时候，心里就想，天下事什么不可以干呢，哼，只要天上有月亮，我便能发出我的光来！

三月十五日，我和我的一大批秃顶朋友结队赤头上街，街上美女如云，差不多都惊羡起我们作为男人的成熟、自信，纷纷过来合影。合影是可以的，但秃顶男人的高贵在于这颗头是只许看而不许摸的！

一九九七年三月十日晚

生活一种

——答友人书

　　院再小也要栽柳，柳必垂。晓起推窗如见仙人曳裙侍立，月升中天，又是仙人临镜梳发；蓬屋常伴仙人，不以门前未留小车辙印而憾。能明灭萤火，能观风行。三月生绒花，数朵过墙头，好静收过路女儿争捉之笑。

　　吃酒只备小盅，小盅浅醉，能推开人事、生计、狗咬、索账之恼。能行乐，吟东坡"吾上可陪玉皇大帝，下可以陪卑田院乞儿"，以残墙补远山，以水盆盛太阳，敲之熟铜声。能嘿嘿笑，笑到无声时已袒胸睡卧柳下，小儿知趣，待半小时后以唾液沾其双乳，凉透心臆即醒，自不误了上班。

　　出游踏无名山水，省却门票，不看人亦不被人看。脚往哪儿，路往哪儿，喜瞧巉岩钩心斗角，倾听风前鸟叫声硬。云在山头登上山头云却更远了。遂吸清新空气，意尽而归。归来自有文章做，不会与他人同，既可再次意游，又可赚几个稿费，补回那一双龙须草鞋钱。

　　读闲杂书，不必规矩，坐也可，站也可，卧也可。偶向墙根，水蚀斑驳，瞥一点而逮形象，即与书中人、物合，愈看愈肖。或听室外黄鹂，莺莺恰恰能辨鸟语。

　　与人交，淡，淡至无味，而观知极味人。可邀来者游华山"朽朽桥头"，敢亡命过之将"××到此一游"书于桥那边崖上，不可近交。不爱惜自己性命焉能爱人？可暗示一女子寄求爱信，立即复函意欲去偷鸡摸狗者不交。接信不复冷若冰霜者亦不交，心没同情岂有真心？门前冷落，恰好，能植竹看风行，能养菊赏瘦，能识雀爪文。七月长夏睡翻身觉，醒来能知"知了"声了之时。

养生不养猫，猫狐媚。不养蛐蛐，蛐蛐斗殴残忍，可养蜘蛛，清晨见一丝斜挂檐前不必挑，明日便有纵横交错，复明日则网精美如妇人发罩。出门望天，天有经纬而自检行为，潮露落雨后出日，银珠满缀，齐放光芒，一个太阳生无数太阳。墙角有旧网亦不必扫，让灰尘蒙落，日久绳粗，如老树盘根，可作立体壁画，读传统，读现代，常读常新。

要日记，就记梦。梦醒夜半，不可睁目，慢慢坐起回忆静伏入睡，梦复续之。梦如前世生活，或行善，或凶杀，或作乐，或受苦，记其迹体验心境以察现实，以我观我而我自知，自知乃于嚣烦尘世则自立。

出门挂锁，锁宜旧，旧锁能避毛贼破损门，屋中箱柜可在锁孔插上钥匙，贼来能保全箱柜完好。

看　人

　　最好的风景是在街头上看人。嚼了口香糖，悠然悠然从一个商店门口踱到另一个商店门口，要买东西又似乎没多带钱，或衔一颗烟的，立于电车站牌下要等一个朋友的，等得抓耳搔腮，火烧火烤。——遇得人交谈便掏出采访本来记的不是好记者，在口袋里插一支钢笔是小学生，插两支的是中学生，插得更多了，就不再是更大的知识分子，是小贩，修理钢笔的。若故作了一种观察的姿势，且不说显出村相，街头立即会有诸多人驻下脚同你看一个方向，交通堵塞，警察就要举着警棒过来了。——知非诗诗，未为奇奇（这是书上写着的），把一切的有意都无意着，你真可潇洒一回，自由地看那好的风景了。

　　街头上的人接踵往过走，少小时候，大人们所讲的过队伍莫非如此？可这谁家的队伍没完没了，从哪里来，往哪里去？地理学家十次八次在报纸上惊呼：河流越来越干涸了。城市是什么，城市是一堆水泥，水泥堆中的人流却这般汹涌！于是你做一次孔子，吟"逝者如斯夫"，自觉立于岸上的胸襟，但瞬间的灿烂带来的是一种悲哀：这么多的人你一个也不认识呀，他们也没一个认识你，你原本多么自傲，主体意识如何高扬，而还是作为同类，知道你的只是你的父母和你的妻子儿女，熟人也不过三五数。乡间的葬礼上常唱一段孝歌，说："人活在世上有什么好，说一句死了就死了，亲戚朋友都不知道。"现在你真正体会到要出眼泪了。

　　姑且把悲苦抛开吧，你毕竟是来看人的风景的。你首先看到的是人脸，世上的树叶没有两片相同，人脸更如此，有的俊，有的丑，俊有不同的俊，丑有不同的丑，但怎么个就俊了丑了？你看着看着，竟不知道人到底是什么，怀疑你看到的是不是人？这如同面对了一个熟悉的汉字，看得久了就不像了那个汉字。勾下头，理性地想想，人怎么细细的一个脖子，顶一个圆的骨质的脑袋，脑袋上七个洞孔，且那么长的四肢，四肢长到梢末竟又分开叉来，形象多么可怕！更不敢想，人的不停地一吸一呼，其劳累是怎样的妨碍着吃饭、说话和工作啊！是的，人是有诸多的奇妙，却使作为具体的人时不易察觉而忽疏了。在平常的经验里，以为声音在幽静时听见，殊不知嚣杂之中更是清晰，不说街头的脚步声、说话声和车子声（这些声音往往是嗡嗡一团），你只需闭上眼睛，立即就坠入一种奇异的境界，听得到脖子扭动的声，头发飘逸的声，衣服磨蹭的声，这声音不仅来自你耳朵的听觉，似乎是你全身的皮肤。由此，你有了种种思想，乜斜了每个人的形形色色的服饰，深感到人在服饰上花费的精力是不是太多了呢，为什么不赤裸最美好的人的身体呢，若人群真赤裸了身体，街头又会是什么样的秩序呢？据说人是曾有过三只眼的，甚至双乳也作目用，什么原因又让日渐退化消亡？小时候四条腿，长大了两条腿，到老了三条腿，人的生存就是这么越来越尴尬。谁也知道那漂亮的衣服里有皱的肚皮，肚皮里有嚼烂的食物和食物沦变的粪尿，不说破就是文明，说穿就是粗野；小孩无顾忌，街头上可以当众掀了裤裆，无知者无畏，有畏就是有知吗？树上有十只鸟，用枪打下一只鸟，树上是剩有九只鸟还是一只鸟也没有，这问题永远是大人测验小孩的试题，大人们又能怎样地给自己出类似的关于自身的考问呢？突然间，你有了一种醒悟，熊掌的雄壮之美是熊的生存需要而产生的，鹤足的健拔之美是鹤的生存需要而自然形成，人的异化是人的创造的文明所致，人是病了。人真的是病了，你静静地听着，街头的人差不多都在不断地咳嗽。

　　人行道的，那一边的，人都是脸和肚子朝前地走过来，这一边的，人又是屁股和脑勺在后地走过去。正面来的，可以见到美的傲的扬头的女子，看到低着脑门的深沉的男人。从每一个人的表情上，或严肃的，或微笑的，或笑不动容的，或有笑容无声的，你立即知道他们的职业是公安人员还是在宾馆做招待。看多了那些西装革履，夹着小皮包，露着凸凸的小肚的公司的大采购和个体的小老板，看多了额上密密皱纹，对上司是谦谦后生，待下级是大呼小叫的机关干部，看多了抬脚超步正经规矩又彬彬有礼的教师，长发如狮的画家，碎步吊臀的戏曲艺人，即便是服饰上没有明显标志，姿态上又缺乏特点，你只要侧耳听一听他们正说着的笑话，也便分辨出这是社会上的哪一类人了。中国人的笑话总是包含着性的成分，社会地位低的，从事简单劳动的总是围绕了性的实在的操作而衍义，知识分子的却津津乐道于一种感觉，而见面不能交心又不能不说话不亲近，就只讲同伙中的某某怎么对儿媳倒洗脚水呀，熬鸡汤买乳罩呀的，那百分之百是我们的有着相当权力的领导。好了，在山川看风景，有人喜欢丑石，有人喜欢枯木，但更多的人愿意欣赏芳草艳花，在街头看人的风景，你当然赏心悦目是女人，当然是年轻漂亮的女人。那些并排走的，大声地说话，笑，表现了无限纯情的女孩子，她们步伐跳跃，如有弹簧，秀发飘动，如云如焰，你惊羡青春的气息，但气息表现哪儿，你又说不清，完全却体会到了贾宝玉的"女孩儿是清水做的"感觉。最妖娆的是那些少妇们了，她们有极大方的，也有好腼腆的，年龄正当，阴阳互补，恰是长熟时期，其态媚人，如火之有焰，灯之有光，珠贝金银之有宝色，你为她们担心，街头的男人总是看她们，如果看一眼，眼珠就在被视物上留有痕迹，那么，她们的衣服上是一层又一层的眼痕，晚上回家脱衣一抖，满地都是能踩泡儿的眼珠子了。中午的太阳照着，她们的身影拖得很长，步行的或骑车的男人不远不近地跟着，总是要踩住她们的影子，企求合二为一，影子如果有感觉，影子无时无刻不在疼痛着。对于男人们的高度注意，当然你可以看出她们是乐意接受呢还是烦恶。乐意的恐怕百分之百，即使面对了很狠很馋的目光，说一声"讨厌！"那也说得十分得意。由此可想，法律若能按人的心理而定，那么要惩治一个少妇人，什么刑具也不要，只让世上的男人都不看她，不理她，这个女人就完了。作为一个女人，完全知道自己的美的价值，只是怎样利用这种价值而区别了她们的品格。吊膀的女人是吊膀女人的神气，温顺女人是温顺女人的神气，因美而贵，因贵而傲的女人，她们常常表现出目空一切，其实她们的内心最龙腾虎跃，她们只是有好的眼角余光，搭眼一扫便知道了每个男人的优劣和对她们的态度。她们最看不起那些小殷勤的男人，却会调动这些小殷勤而安全自处，她们更清楚对她们不献小殷勤的男人反倒深爱着她们，这不是老谋深算，也便是有心没胆，瞧，瞧，她们在以毒攻毒了，以同样的冷漠来增加自己的神秘和魅力，或是培养鼓动起胆怯者的大勇，偏要看到沉默的火山口喷发熔浆。想一想，到那时，他们刚的一面还有吗，其如水之柔情反倒使任何温顺的女人黯然失色了。

街头这边的人行道上，不可能看到走过去的脸面，但是，识人最好的是识脸面，脸面却不是唯一的。戏曲舞台上，演员登场常有背身而出，那肩臂的一高一低，那屁股的一抖一动，都有戏，便明白这是一个什么角色。赌博桌上，仅看着一双双参赌人的手，也就知道了这一个赌徒是多么迫不及待，那一个赌徒却早胸有成竹了。现在，看着前面卷着一个髻儿的，一脚端正，一脚外撇的水蛇腰的女人，你不妨张开你想象的翅膀吧（有趣的是，这种想象十有八次与事实相符）：她是在商场工作吗？她坐在柜台的里边，鞋总是有意无意就脱了，口里在暗唱着一支歌，脚的指头就十趾高下动着节奏，那趾甲一定是染过红的。发型盘那么个髻儿，脖子却黑瘦，她是在脸上涂了厚的脂粉却忘记了脖子和耳根，精美的小提包鼓囊囊的，是装着钱，还是一堆化妆品，甚或什么都没有，是一包卫生纸。这女人长在前边的眼睛一定在滴溜溜四处张望了，随时要对着一个熟人大声尖叫，她会跑过每一个橱窗前从玻璃里看自己形象，遇着一个整齐的男人心会怦然跳动，手不自觉地在理一下头发，会在她家的巷口与人挤眉弄眼地说谁家媳妇是骚狐子，进了门却踢蹬了高跟鞋就歪在沙发上喊累死我了，开始骂丈夫什么时候了，饭没做好?!你看过了独个的人，也不妨看看一伙两个三个的人，那走势和说话的神态，能判断出这是夫妻，夫妻是结发夫妻，还是两副旧家具的一对新人，关系是亲是疏，家境是贫是富。或压根不是夫妻，是同志，是邻居，甚或是情人，这情人是才有了关系还是偷情了数年？你注意到了吗？立于人行道的这边，看男人对女人的回头率是最好的角度了。男人的秉性永远是看着别的女人好，他们即使在家里有美貌的妻子，即使与妻子和睦亲爱，他们不分老少丑美，但凡在街头见着漂亮的女人，没有不投一眼过去的。有原本慢悠悠骑车而行的，猛地发现了前后有可观的，或故意减速，让那女的前行，看了后影又忍不住要看脸面，疾驶前行，在那平行的瞬间，头就扭动了。这一瞥的惊美，或是永留记忆，常忆常新，引无限冲动，或是一小时、几分钟后淡然忘却，或是看了后影，期望值太高，脸面甚是失望，这就要无声地自己嘲弄自己了。你常会发现那些与漂亮女人保持距离的男人，身子弓下去，头却仰扬着，这男人一定是在做一种祈祷：这女人如果能进前边的一个巷子去，这女人或这类女人是与我有缘的，以后便能接触。所以，这样的男人就要在一个巷口把头耷拉下来，因为那女子并没有进他所企望的巷口，而提前拐进了另一个巷口，或者如愿以偿，这是街头常有男人突然哼了歌子的原因。男人的这种秉性若认作是卑鄙，世上就全是流氓，不，他们是在表现着爱美。这个时候，你就觉得人生是多么好，男人是多么好，如果一个男人见到漂亮的女人不愉悦，那这男人干什么事情还有激情，有创造力呢？男人是创造世界的，女人是征服男人的，事情就是这样。当然了，街头上仍是有淫邪的男人的目光，年轻而从未有接触过女人经验的，夫妻感情破裂，长期分居的，干脆就是色鬼流氓，知其肉不知灵的，他们百无聊赖，就蹲于街房墙根，斜眼上瞧，专看那女人走过的刹那胸部位的耸动，然后低下头去，用手使劲地拈一下无可奈何的一张僵脸，响响地咽一口唾沫了。或者一只脚踏在栏杆的铁链上，胳膊又撑在膝盖上顶着一颗脑袋，一边看一边摇晃铁链，他们哀叹美女如云，怎么自己的老婆那么丑呢？能解脱的想，河里的鱼再好，没碗里的鱼好，哪一个女人娶到家来都会变丑的吧。解脱不了的，就骂：世上的好女人都是让狗 × 着！

在街头看人的风暴，你实在是百看不厌，初入城市的乡民怎样于路心张望，而茫然不知往哪里去，警察的指手画脚，小偷制造拥挤，什么是悠闲，什么是匆忙，盲人行走，不舍昼夜，醉汉说话，唯其独醒。你一时犯愁了，这些人都在街头干什么，天黑了都会到哪儿去，怎么就没有走错地方而回到自己家里？如果这时候一声令下，一切停止，凝固的将是怎样的姿势和怎样的表情？突然发生地震，又都会怎样地各自逃命？每个人都是有他的父亲和母亲的，街头的人流，几十年前，同样流过的是这些人的父母吗，几十年后，流过的又是这些人的儿女吗？如若不是这样，人死了会变成鬼，鬼仍活在这个世上，那么一代代人死去仍在，活着的继续生出，街头该是多么地水泄不通啊！世界上有什么比街头丰富呢，有什么比街头更让你玄思妙想呢？在地铁入口，在立交桥头，人的脑袋如开水锅冒出的水泡，咕噜咕噜地全涌上来；蹴下来，平视着街面，各式各样的鞋脚在起落。人的脑袋的冒出，你疑惑了他们来自的另一个世界的神秘，鞋脚起落，你恐怖了他们来在这个世界要走出什么样的方阵。芸芸众生，众生芸芸，这其中有多少伟人、科学家、哲学家、艺术家、文学家，到底哪一个是，哪一个将来是？你就对所有人敬畏了，于是自然而然想起了佛教上的法门之说，认识到将军也好，小偷也好，哲学家也好，暗娼也好，他们都是以各自的生存方式在体验人生，你就一时消灭了等级差别，丑美界限，而静虚平和地对待一切了。

　　进入到这样的境界，你突然笑起来了：我怎么就在这里看人呢，那街头的别人不是也在看我吗？于是，你看着正看你的人，你们会心点头，甚或有了羞涩，都仰头看天，竟会到天上正有一个看着你我的上帝。上帝无言，冷眼看世上忙人。到了这时，你境界再次升华，恍惚间你就是上帝在看这一切，你醒悟到人活着是多么无聊又多么有意义，人世间是多么简单又多么复杂。这样，在街头上看一回人的风景，犹如读一本历史，一本哲学，你从此看问题，办事情，心胸就不那么窄了，目光就不那么短了，不会为蝇头小利去钩心斗角，不会因一时荣辱而狂妄和消沉，人既然如蚂蚁一样来到世上，忽生忽死，忽聚忽散，短的数十年里，该自在就自在吧，该潇洒就潇洒吧，各自完满自己的一段生命，这就是生存的全部意义了。

　　　　　　　　　　　　　　　　草于一九九二年五月二日

天　气

有一日，陈传席先生从北京来，正是西安下过一场雨，两人就说到天气，突然地醒悟了：天气就是天意。

我们常说天地，天是什么呀，天不就是天气吗？地是什么呀，地不就是土壤吗？想想，人类的产生，种族的形成，以及文化、政治、经济、军事的区别，没有不是天气和土壤决定了的。又想想，天不再成就明朝，就大旱三年，遍地赤土，民不聊生，李自成就造反了。天还要成就孔明，东风刮来，草船借箭，火烧连环，曹军就灰飞烟灭了。

过去年代里有过一些神人，之所以神，就是知道什么时候下雨什么时候有雾，那仅仅了解了些天气。现在神人几乎没有了，因为有了气象部门。中央电视台最好的栏目已经是天气预报，天气预报成了人们每天最大的关注。

天气可以预报了，但也只是预报，不能掌控。掌控这个世界的永远是天气，天气就是上帝，是神，我们在天气下或生或死，或富或穷，或幸福或苦难，过程着我们的命运。

这么说来，天之骄子怎么是皇帝呢，应该是探测和预告天气的人，可能也包括了我和陈传席吧，知道了天气是天意。

跪下来给天气祷告啊，我们顺从着天气，让天气赐给我们好的命运！

弈　人

在中国，十有六七的人识得棋理，随便于何时何地，偷得一闲，就人列对方，汉楚分界，相士守城保帅，车马冲锋陷阵，小小棋盘之上，人皆成为符号，一场厮杀就开始了。

一般人下棋，下下也就罢了，而十有三四者为棋迷：一日不下瘾发，二日不下手痒，三日不下肉酒无味，四五日不下则坐卧不宁。所以以单位组织的比赛项目最多，以个人名义邀请的更多。还有最多更多的是以棋会友，夜半三更辗转不眠，提了棋袋去敲某某门的。于是被访者披衣而起，挑灯夜战。若那家妇人贤惠，便可怜得彻夜被当当棋子惊动，被腾腾香烟毒雾熏蒸；若是泼悍角色，弈者就到厨房去，或蹴或趴，一边落子一边点烟，有将胡子烧焦了的，有将烟拿反，火红的烟头塞入口里的。相传五十年代初，有一对弈者，因言论反动双双划为右派遣返原籍，自此沦落天涯。二十四年后甲平反回城，得悉乙也平反回城，甲便提了袋去乙家拜见，相见就对弈一个通宵。

对弈者也还罢了，最不可理解的是观弈的。在城市，如北京、上海，何等的大世界，或如偏远窄小的西宁、拉萨，夜一降临，街上行人稀少，那路灯杆下必有一摊一摊围观下棋的。他们是些有家不归之人，亲善妻子儿女不如亲善棋盘棋子，借公家的不掏电费的路灯，借夜晚不扣工资的时间，大摆擂台。围观的一律伸长脖子（所以中国长脖子的人多！），双目圆睁，嘶声叫嚷着自己的见解。弈者每走一步妙着，锐声叫好，若一步走坏，懊丧连天，都企图垂帘听政。但往往弈者仰头看看，看见的都是长脖颈上的大喉结，没有不上下活动的，大小红嘴白牙，皆在开合，唾沫就乱雨飞溅，于是笑笑，坚不听从。不听则骂：臭棋！骂臭棋，弈者不应，大将风范，应者则是别的观弈人，双方就各持己见，否定，否定之否定，最后变脸失色，口出秽言，大打出手。西安有一中年人，夜里孩子有病，妇人让去医院开药，路过棋摊，心里说：不看不看，脚却将至，不禁看了一眼，恰棋正走到难处，他就开始指点，但指点不被采纳反被观弈者所讥，双双打了起来，口鼻出血。结果，医院是去了，看病的不是儿子而是他。

在乡下，农人每每在田里劳作累了，赤脚出来，就于埂头对弈。那赫赫红日当顶，头上各覆荷叶，杀一盘，甲赢乙输，乙输了乙不服，甲赢了欲再赢，这棋就杀得一盘末了又复一盘。家中妇人儿女见爹不归，以为还在辛劳，提饭罐前去三声四声喊不动，妇人说："吃！"男人说："能吃个屌！有马在守着怎么吃?！"孩子们最怕爹下棋，赢了会搂在怀里用胡楂扎脸，输了则脸面黑封，动辄擂拳头。以致流传一个笑话，说是一孩子在家做作业，解释"孔子曰：……而已"，遂去问爹："而已是什么？"爹下棋正输了，一挥手说："你娘的脚！"孩子就在作业本上写了："孔子曰：……你娘的脚！"

不论城市乡村，常见有一职业性之人，腰带上吊一棋袋，白发长须，一脸刁钻古怪，在某处显眼地方，摆一残局。摆残局者，必是高手。来应战者，走一步两步若路数不对，设主便道："小子，你走吧，别下不了台！"败走的，自然要在人家的一面白布上留下红指印，设主就抖着满是红指印的白布四处张扬，以显其威。若来者一步两步对着路数，设主则一手牵了对方到一旁，说："师傅教我几手吧！"两人进酒铺坐喝，从此结为挚友。

能与这些设主成挚友的，大致有两种人，一类是小车司机。中国的小车坐的都是官员，官员又不开车，常常开会或会友，一出车门，将车留下，将司机也留下，或许这会开得没完没了，或许会友就在友人家用膳，酒醉半天不醒，这司机就一直在车上等着，也便就有了时间潜心读棋书，看棋局了。一类是退休的干部。在台上时日子万般红火，退休后冷落无比，就从此不饲奸贼猫咪，宠养走狗，喜欢棋道，这棋艺就出奇地长进。

中国号称礼仪之邦，人们做什么事都谦谦相让，你说他好，他偏说

"不行"，但偏有两处撕去虚伪，露了真相。一是喝酒，皆口言善饮，李太白的"唯有饮者留其名"没有不记得的，分明醉如烂泥，口里还说："我没有醉……没醉……"倒在酒桌下了还是："没……醉……醉！"另外就是下棋，从来没有听过谁说自己棋艺不高，言论某某高手，必是："他那臭棋篓子呗！"所以老者对少者输了，会说："我怎么去赢小子？！"男的输了女的，是："男不跟女斗嘛！"找上门的赢了，主人要说："你是客人嗬！"年龄相仿，地位等同的，那又是："好汉不赢头三盘呀！"

象棋属于国粹，但象棋远没围棋早，围棋渐渐成为高层次的人的雅事，象棋却贵贱咸宜，老幼咸宜，这似乎是个谜。围棋是不分名称的，棋子就是棋子，一子就是一人，人可左右占位，围住就行；象棋有帅有车，有相有卒，等级分明，各有限制。而中国的象棋代代不衰，恐怕是中国人太爱政治的缘故吧？他们喜欢自己做将做帅，调车调马，贵人者，以再一次施展自己治国治天下的策略，平民者则作一种精神上的享受，以致词典上有了"眼观全局，胸有韬略"之句。于是也就常有"××他能当官，让我去当，比他有强不差"！中国现在人皆浮躁，劣根全在于此。古时有清谈之士，现在也到处有不干实事、夸夸其谈之人，是否是那些古今存在的观弈人呢？所以善弈者有了经验：越是观者多，越不能听观者指点；一人是一套路数，或许一人是雕龙大略，三人则主见不一，互相抵消为雕虫小技了。

虽然人们在棋盘上变相过政治之瘾，但中国人毕竟是中国人，他们对实力不如自己的，其势凶猛，不可一世，故常有"我让出你两个马吧""我用半边兵力杀你吧"！若对方不要施舍，则在胜时偏不一下子致死，故意玩弄，行猫对鼠的伎俩，又或以吃掉对方所有棋子为快，结果棋盘上仅剩下一个帅了，成孤家寡人。而一旦遇着强手，那便"心理压力太大"，缩手缩脚，举棋不定，方寸大乱，失了水准。真怀疑中国足球队的教练和队员都是会走象棋的。

这样，弈坛上就经常出现怪异现象：大凡大小领导，在本单位棋艺均高。他们也往往产生错觉，以为真个"拳打少林，脚踢武当"了。当然便有一些初生牛犊以棋对话，警告顶头上司，他们的战法既不用车，也不架炮，专事小卒。小卒虽在本地受重重限制，但硬是冲过河界，勇敢前进，竟直捣对方城池擒了主帅老儿。

×地便有一单位，春天里开展棋赛，是一英武青年与几位领导下盲棋。一间厅子，青年坐其中，领导分四方，青年皓齿明眸，同时以进卒向四位对手攻击，四位领导皆十分艰难，面色由黑变红变白，搔首抓耳。青年却一会儿去上厕所，一会儿去倒水沏茶，自己端一杯，又给四位领导各端一杯。冷丁对方叫出一子，他就脱口接应走出一步。结果全胜。这青年这一年当选了单位的人大代表。

名　人

　　世事真闹不明白，你忽然浪成了一个名人。起初间是你无意做了一件事，或偶然说了一席话，你的三朋和四友对某一位人说了，正投合某人的情怀，他又说给另一位人，也恰投合，再说给别人去，中国的长舌妇和长舌男并不仅仅热心身边的私事，他们在厕所里也常常争论联合国是一个国家还是一座大楼，于是一传十，十传百，都以自己的情怀加工修改，众口由此成碑。再循环过来，传到你的三朋和四友耳中，他们似乎觉得这出源于他们之口，但又不全是出源于他们，不信便觉得这么多人都信那就有信的道理，遂也就信。末了又反馈到你，"我真是这样吗？"你怀疑了，向崇尚你的人开始解释，可越解释你越"谦虚"，谦虚恰好是名人的风度，你最后不得不考虑你是没有认识到你的价值吗？"哦，我还真行！"这样，你就完全是名人了。

　　你现在明白"造就"的厉害吧？你娘生你时她并没有给你起个响亮的名字，血辣辣的孩子堕在草炕，门后的鸡正下了蛋，红着冠嘎嘎直叫，你娘在这叫声中想起一个字做了你的名，这名儿连你在上学时老师一念点名册，你就脸红。三年前去游大雁塔，人都在塔身上刻字留名，你呢，一是塔身被刻写得没有地方，二是你也羞于将自己名字刻写上去遭人奚落，但你总得留个名吧，名字就刻写在那个狗熊形的垃圾桶上。可现在，你用不着请客送礼，用不着卧薪尝胆，也用不着脱光衣服跑上大街或拿一颗炸弹当众爆炸，你就出名了。

　　你成了名人，你的一切令人们都刮目相看，你本来是很丑的，但总有人在你的丑貌里寻出美的部分。比如你的眼睛没有双眼皮，缺乏光彩，总是灰浊，而"单眼皮是人类进化的特征呀"，灰浊是你熬夜的结果呀！那些风流女子的眼睛漂亮吗？那么把它剜下来放在桌上谁还能分得清是人目还是猪眼？于是你又有了通宵工作的佳话，甚至还会有那长河中的轮船以你那长夜不熄的窗灯做航示灯的故事。你实在是邋遢，头发乱如茅草，胡子不刮，衣服发皱，但现在你是名人，名人的不修边幅是别一种的潇洒呀！最遗憾的是你个子太矮，若是别人，任何征婚启事都永远没有你二等残废的应征可能，但因为你是名人，相书上不是有破相者大相之说法吗？总之，名人怎么能用一般人的标准去套用呢？你丑而大象无形，你口拙而大象希声，你吝啬而大盈若盅。你不喜食肉，自称"草食动物"，因而素食营养最高的理论产生致使许多人形如饿鬼，你在闷热的夏夜卷席到街道去睡，四周高楼的居民纷纷离楼，传出"要地震"的噩讯。

你的成名为你增加了灵光，且越来越发挥了社会的作用。住家附近常常闻到狗吠，居委会主任给公安局写信，要求居民签名，你是最后一个签的，但你的名字却排了第一名。单位所在那条巷公共厕所坏了，单位起草给公用事业局的报告里，也是以你为第一事例，说你如此的名人，一日十次的大小解，每每手里都提一块砖垫那臭水肆流的地板。你已经有了许多头衔，尤其是名目繁多的学会的顾问，什么会也请你，在主持人提高了声调介绍后的一片掌声里你得慌乱地讲几句话。所以你的好友和你开玩笑，一页的来信里总要半页写满你的头衔，称作"名人先生"。更多的是有人生了儿子要你起名，有人丧父，要你题碑文，你的案头上得永远放一本《新华字典》。你的字恶劣不堪，但你的字被裱糊了高悬相当多的人家的正堂上。你根本不会写文章，却有写书的人求你作序（其实你常常只在写书人自写的序文后写上你的大名就罢了），远在千里的你的家乡人，闻讯而来缠你办事，大到来告状来买汽车来调动工作来要超生指标，小到来治鸡眼来要去结识某人来看戏来住旅社来配眼镜，以为你什么人都认识，你一句话值千金，顶一张公文，顶一枚政府图章，你说你不认识这些部门，"可你说出你的名来，天下谁人不识君呢？"

在多少多少人的眼里，你活得多荣光自在，有多少女子恨不能在你未结婚前结识你而长生相伴，也有多少女子希望能得到你婚后的一份青睐而终生不嫁相思到老。但是，你跟我说，你活得太累，你已经是名第一，人第二。我慢慢对你的话理解了。你曾经在公共汽车上听见旁边有人正谈论你，立即有一个人拍着腔子说你是他的好得没了反正的朋友，说你酒量如海，小腿腹有一片肉能大颗出汗，所以你大喝而不醉，说你下巴上有一个痣，痣上有三根毛。但你不认识他，他也不认识你，甚至还拍着你的肩头说："你不相信？也难怪，名人的事情你怎么会理解呢？"你去医院看病，划价的是一个美艳的少妇，她看了你的处方单惊叫着你就是名人×××？！你说是的。她把头从极小的窗口里探出来看你，看你的脚，看你的头，看得你不知所措。少妇说："你真是名人×××？"你不好意思了，她却以为你心虚，"不可能，名人×××怎么会是你这样呢？他是多高大的块头，风度不凡，出口成章，怎么会是你呢？！"

你被怀疑是同名同姓或者是冒名顶替，你成了骗子，有了糟践名人形象的罪恶而被愤怒的人群殴打。你只好说："我不是×××，再不敢了！"众人饶了你，吼一声："滚！"你滚了。当你在正式的场合被认定就是名人×××了，你总被许多人围住照相，照了一张又一张，换了一人又一人，你得始终站在那里，你成了风景、道具、装饰物。你记不清你到底照过多少照片，但寄给你的寥寥无几。当你去旅游点看见那些披了彩带的马被男男女女骑上去留影时，你说你先世就是这马变的，这马将来转世，也将会是名人。我亲身经历了一次与你同去一个集会场面，几百人围上去让你签名，你的面前竖满了持日记本的手的森林，你的身子随着人的海潮而波动不已，你无法写字，而外边的人还在挤，结果人群大乱，胡抓一气，最后谁也分不清哪个是签名的人了，我急得大叫，害怕你被纸片一样的撕碎，幸亏你终于爬出来了，你是从人群的腿缝下爬出来的，一爬出没有再看一眼那一堆还在拥挤拼抢的人就逃去了厕所。也就在那一次，你的西服领口破了，眼镜丢了一条腿儿，扣子少了三颗。

你不止一次地向我抱怨，说你家的茶叶最费，因为来客不断，沏一壶茶喝不了几口，再来人再沏新茶，茶叶十分之八是糟蹋了。烟更是飘雪花似的发散，别人家的排气扇装在厨房，你家却装在会客室，但墙还是被熏黄，花还是被呛死。再敲门你想躲着不开，来客却要守在门口，估摸你总得回家吧，你只好在屋里不能走动，不能咳嗽，索性还是把门打开了。你的自行车很旧，你喜欢骑这样的车子，随地可放，不怕贼偷，可你经过十字路口时被交警挡住了，他朝你走来，你紧张了，分辩说你没有违犯交规，交警却唰地向你行礼，说："×××先生，很荣幸你走我管理的路口！"你一场虚惊，甚至觉得他在恶作剧，但这张脸是那样真诚，他突然看见你的车子而惊叫："你怎么骑这样的车子呢？"立即招手挡住一辆面包车，连人带车把你捎走了。甚至你突然收到法院的传票，不去吧，法律是严酷的，你害怕那警车到来；去吧，犯了什么罪吧？你忐忑不安了。一进法院，接待你的人激动不已，视你为座上客，说："我们想见见你，你是名人，平时我们是不容易见到的，只好用这种方法了，望你原谅！"你原谅了，你能不原谅吗？外边开始在议论你的私事了，包括你的爱人，你的孩子，你的身体状况饮食嗜好作息时间，如此发展，就说到你有了情人，有了除现妻之外的前妻和预备的将来的后妻，这竟使十几年未见面的一位朋友来见到你的妻子说起你有多少风流韵事时，诚恳地安慰道："其实这有什么呢，你不必伤心，名人都是这样嘛！"使你的妻子哭不得笑不得，无法对他说话。闲话让他说去吧。可闲话一多就成了事实，你托人去街道办事处为孩子办独生子女证，办事员看见了你的大名，为难了，说："哦，是咱们名人的孩子，这孩子长得一定漂亮了！我个人是完全愿意为名人办事的，但计划生育是国策，他和前妻有过孩子，这个虽是续妻生的，却不能算独生子女啊！"你天大的冤枉，只好让单位出证明，说你是名人，可还没有那么快就换了班子呀！

唉，你就这么受名人的荣誉，也就这么受名人的苦处。

可是，又该怎么说呢，你不顾别人以名人对待你，你又毕竟意识到自己是名人而又处处以名人来限制自己。在公众场合，你不敢信口开河，在拥挤的小饭馆里，你不敢端了一碗面条蹴在墙角吃。你不能在买菜时与小贩高一声低一声地讨价还价，你不能在街上看见秀色可餐的女子骑车经过时而斜看一眼。社会要的是你的名，你也在为名活着！当你来到有人举办的关于搜集了你的签名和书法的展览馆门口而掏出和别人一样的价钱买门票时，我突然想象到如果有哪一天，有人写了你的传记电影在挑选演员，你如果也去应选，结果会怎样呢？或许导演会看中你的相貌与名人 ××× 相似而选中，可一定会因你演不好名人 ××× 而被导演臭骂一顿轰出摄影棚。

你说，你简直受不了了，"我不要这个名，我要活人！"你甚至想象到有一天你在人头攒涌的场合走着走着，突然身子发生质变，变成泥塑木雕，永远停在那里供人去观赏和礼拜，而你的真人逃走多好！或者更简单，你获得了一件古代传说中的隐身衣……但这毕竟是想象呀，你只有不断地向前来使你不能安静的人说："别把我当名人，我其实一文不值！"

是的，你一文不值，在你和你的妻子的吵闹中她不止十次地这么对你吼过。她知道你是多么一个平凡的人，知道你哪枚牙上有着虫洞，哪只鞋子夹了指头，还有痔疮，且三个外痔经常磨破，知道你有三天不刷牙的劣习，有吃饭时放屁的毛病。就是这样的一位妻子，你却是那样地感激她，热爱她，你在她的欢笑中耍娇，在她的叹息中计划米面油盐酱醋的开销，在她的唠叨不休的嘟囔中发怒。当每一个夜晚来临，你关了窗子，收了晾着的孩子的尿布，封了火炉，取了便盆，关门熄灯，将帽子大衣鞋子袜子和裤头一齐丢在沙发上然后溜进那个热烘烘的被窝去时，你说，我现在不是名人了，亲爱的……

人　病

　　我突然患了肝病，立即像当年的四类分子一样遭到歧视。我的朋友已经很少来串门了，偶尔有不知我患病消息的来，一来又嚷着要吃要喝，行立坐卧狼藉无序，我说，我是患肝炎了，他们那么一呆，接着说："没事的，能传染给我吗?!"但饭却不吃了，茶也不喝，抽自己口袋的劣烟，立即拍着脑门叫道："哎哟，瞧我这记性，我还要去××处办一件事的!"我隔窗看见他们下了楼，去公共水龙头下冲洗，一遍又一遍，似乎那双手已成了狼爪，恨不能剁断了去。末了还凑近鼻子闻闻。肝炎病毒是能闻出来的吗？蠢东西！有一位爱请客的熟人，十天半月就要请一次有地位的人，每一次还要拉我去作陪，说是"寒舍生辉"。这丈夫就又邀了我去，妇人当然热情，但我看出了她眉宇间的忧愁，我也知道她的为难了，说，多给我一个碟子一双筷子吧。

　　我用一双筷子把大盆的菜夹到我的小碟里，再用另一双筷子从小碟夹菜送到我口中。我笑着对被请的那位领导说："我现在和你一样了，你平日是一副眼镜，看戏是一副眼镜，批文件又是另一副眼镜。"吃罢了，我叮咛妇人要将我的碗筷蒸煮消毒，妇人说：哪里，哪里。我才出门，却听见一阵瓷的破碎声，接着是撵猫的声，我明白我用过的碗筷全摔破在垃圾筐，那猫在贪吃我的剩菜，为了那猫的安全，猫挨了一脚。这样的刺激使我实在受不了，我开始不大出门，不参加任何集会，不去影院，不乘坐公共车。从此，我倒活得极为清静，左邻右舍再不因我家的敲门声而难以午休，遇着那些可见可不见的人数米外抱拳一下就敷衍了事了，领导再不让我为未请假的事一次又一次交检讨了，那些长舌妇和长舌男也不用嘴凑在我的耳朵上是是非非了。我遇到任何难缠的人和难缠的事，一句"我患了肝炎"，便是最好的遁词。妻子说："你总是宣讲你的病，让满世界都知道了歧视你吗？"我的理由是，世界上的事，若不让别人尴尬，也不让自己尴尬，最好的办法就是自我作贱。比如我长得丑，就从不在女性面前装腔作势，且将五分的丑说到十分的丑，那么丑中倒有它的另一可爱处了。相声艺术里不就是大量运用这种办法吗？见人我说我有肝病，他们防备着我的接触而不伤和气，我被他们防备着接触亦不感到难下台，皆大欢喜，自贱难道不是一种维护自己尊严的妙着良方吗？再者，别人问起：你这些年是怎么混的，怎么没有更多的作品出版，怎么没有当个××长，怎么没能出国一趟，怎么阳台上没植花鸟笼里没养鸟，怎么只生个女孩，怎么不会跳舞，没个情人，没一封读者来信是姑娘写的？"我是患了肝炎呀！"一句话就回答了。

但是，人毕竟是群居动物，当我一个人独处的时候，不禁无限的孤独和寂寞。

唯有父亲和母亲、妻子和女儿亲近我，他们没有开除我的家籍。他们越是待我亲近，我越是害怕病毒传染给他们。我与他们分餐，我有我的脸盆、毛巾、碗筷、茶缸，且各有固定的存放处。我只坐我的座椅，我用脚开门关门，我瞄准着马桶的下泄口小便。他们不忍心我这样，我说：这不是个感情问题！我恼怒着要求妻子女儿只能向我做飞吻的动作，每夜烧两盘蚊香，使叮了我血的蚊子不能再去叮我的父母，我却被蚊香熏得头疼。我这样做的时候，我的心在悄悄滴泪，当他们用滚开的热水烫泡我的衣物，用高压锅蒸熏我的餐具，我似乎觉得那烫泡的、蒸熏的是我的一颗灵魂。我成了一个废人了，一个可怕的魔鬼了。

我盼望我的病能很快好起来，可惜几年间吃过了几篓中药、西药，全然无济于事。我笑我自己一生的命运就是写作挣钱，挣了钱就生病吃药，现在真正成了什么都没有就是有病，什么都有就是没钱。我平日是不吃荤的，总是喜食素菜，如今数年里吃药草，倒怀疑有一日要变成牛和羊。说不定前世就是牛羊所变的吧。

我终于要求住进了传染病院。

病院里，我们像囚犯一样要穿病服，要限制行动于一个极小的院子里，虽然那院墙是铁制的栅栏，可以看见外边的人。但看见了外边行人穿着花花绿绿行走，就顿生列入另册的凄凉。我们渴望自由，每天打过吊针之后，就在院子里看红红的太阳，看涌动的云，弄着嘴唇逗引栅栏外树上的小鸟。小鸟却飞走了，落下那一根或两根的羽毛，我们皆如年节的小孩抢拾炮仗一样去争捡个不亦乐乎。这行动被栅栏外的一个孩子瞧着，那小小的眼睛里充满了在动物园看笼中动物的神气，他竟大胆地走近了几步。他的母亲，一个肥胖的女人就喊："走远点，那是传染病！"这话使我潜然泪下，我只有背过身去，默默地注视着院中的一片玫瑰花和花坛台上的一群黑色的蚂蚁。啊，美丽而善良的玫瑰不怕传染，依旧花红如血；勇敢的蚂蚁不怕传染，依旧在为我们表演负重的远距离的运动。这一个夜晚我们皆要等到很晚方回去睡觉，迎接那依旧洁亮的月亮，它随我们到了栅栏里，它不嫌弃。

我们最不喜欢看到的是栅栏角上的那一个蜘蛛网，它好大，状若一个笸篮，为我平生之少见。我们傍晚用竿子挑破它，第二天，它又完好无缺，像一个通了电的铁网，又像是监视我们行动的雷达。我们无可奈何。开始产生了一个恶毒的念头，后悔我们为什么要声张自己是肝炎患者？为什么要来住传染病院？人们在歧视我们，我们何不到人群广众中去，要吃大桌饭、要挤公共车、要进影剧院，甚至对着那些歧视者偏去摸他们的手脸，对着他们打哈欠、吐唾沫。那么，我们就是他们中的一员，他们就和我们是一样的人了！

病院中的人都是面色青黄，目光空洞，步履虚弱。看着他们的形象我也知道自己的模样。我们是忌讳用镜子的，但我们对黄色并不反感，黄在中国是皇权的象征，于世界也是流行色。于是我们都显得亲热，在过道上、院子里，谁和谁见了都要点头，微笑也随之绽开，似乎我们有缘分，数十年前就认识似的，互相询问名姓和单位。医生和护士是从不唤我们名姓的，直呼床号。世界上叫号的只有监狱和病院。我先是"+235"，后一个病号出院了，我正式成了"235"。"235！235！"这是在卖饭了，饭勺不挨着我的碗，热汤几次就淋到我的手上。"235！235！"这是护士在送体温表了，她们查看了温度便去我们看得见的地方洗手。我先是极不习惯这种代号，但后来想通了，"贾平凹"不也是一个代号吗？虽然"235"不是爹妈为我起的名字，可现在满社会不是都在叫"张书记""李主任""刘主席"吗？我在打吊针的时候，目光一直是看着天花板的，天花板很洁净，而我还是看出了上边的细小的纹路，并且从这纹路上看出了众多的鱼虫山水人物。有人说，天花板是病人的一部看不完的书，这话真对。然后我在琢磨"+235"，想，有个"+"号，这是不吉利的，因为乙肝之所以是乙肝，就是各项指标是阳性，阳性表示出来就是"+"号。待到正式为"235"了，我思索235三位数相加是10，这还好不是个13，但10也是不好，应该是9恰好，围棋的最高段位不就是9吗？中国人是好爱3、6、9的，幸喜有个3字。

在医院的西楼角，也即在厕所的旁边，是有一株古槐的，古槐的树杈上白天常见到卧一只猫头鹰。每到夜里，它就叫了，它一叫，我们都惊慌起来，肯定在第二日、最迟不超过第三日，定要抬出去一个的。这不是迷信，一定是猫头鹰闻着了欲亡人的气味在鸣叫。大家都走出来，默默地目注着一个裹着床单的躯体去太平间。他永远太平无烦恼苦痛了。他的毛巾、牙具被拿出来放在窗台，他的母亲或他的妻子在地上滚着哭。那条床单也折价永远归了他。他或许不忍心家属的啼哭，或许满意这床单的便宜，或许在向我们作别，这时候，有许多苍蝇在嗡嗡飞，哪一只是他的灵魂所变呢？我们无声地祈祷他灵魂安妥，却不愿有苍蝇落在我们身上。从此，我们皆害怕猫头鹰，但我们没有一个人敢诅咒它，更没有人动手去打杀它，甚至连这么个念头都不曾有。当一日数次去厕所经过古槐下，都不自觉地往树杈上看看，那是惊慌的一看，也是盼望的一看，我们在心中默默地向它祈祷，企望它能饶恕了自己。我至此方明白了人人恨阎王却还要给他修庙塑像称他是阎王爷的原因，而猫头鹰也该是称作爷的，也该是有庙和塑像的。人怕什么，又奈何不了，人就想着法儿去讨好、去供奉，这就是世上神的产生。猫头鹰就是一个神的。

在这个监狱似的天地里，我们这些病人是互不歧视的，它同监狱的区别正在这里。犯人是要互相监督互相打小报告而争取减刑，这是因为他们以前曾经"犯"过人，以犯人入狱，又以犯人减刑出狱。我们患了病，并不是企图犯人，入院的一半是为了自己，一半也是为了不犯别人，所以我们互相关心、体贴。每有一个出院，我们欢欣庆贺他的康复。也为了自己能治好而增加自信。一个病人进来，我们少半为又要认识一个朋友而高兴，多半却为他也染了病又悲伤。我们欢迎他的仪式虽不是握手和拥抱，却提醒他怎样买饭票，怎样服药，怎样不必悲观。病友和学友的感情一样珍贵，有待我们统统治愈出院后，我们在社会上仍可以形成一个关系网，这个关系网是受歧视之下，在生与死的分界线上建立的天长地久的友谊，它比那些互为利用的官网、商网、情网、乌七八糟的网纯净高尚得多。

我们失却了社会上所谓的人的意义，我们却获得了崭新的人的真情，我们有了宝贵的同情心和怜悯心，理解了宽容和体谅，热爱了所有的动物和植物，体会到了太阳的温暖和空气的清新。说老实话，这里的档案袋只有我们的病史而没有政史，所以这里没有猜忌，没有幸灾乐祸，没有钩心斗角，没有落井下石，没有势利和背弃，我们共同的敌人只是乙肝病毒。男女没有私欲，老少没有代沟。不酗酒，不赌博，按时作休，遵守纪律，单人单床，不纳妓宿娼，贵贱都同样吃药，从没人像官倒爷那样贪婪而嗜药成性。医护是我们的菩萨，我们给他们发出的笑是真正从心底来的，没有虚伪。猫头鹰是我们的上帝，我们畏惧而崇拜，没有丝毫的敷衍。我们为花坛中的那一片玫瑰浇水除草，数得清那共有多少花瓣，也记载了多少片落花被我们安葬。那洞穴的蚂蚁和檐下的壁虎，我们差不多认得了谁是谁的父母和儿女。我们虽然是坏了肝的人，但我们的心脏异常的好。

据说，在我们中国，患乙肝的是十个人中就有一个或两个的，我们这些人差不多都是在偶然的查体时发现病的。所以，当我站在铁栅栏内向外张望那些歧视我们的人群时，总作想：别神气十足以为你们干净吧，或许，你们是没有查出乙肝的病人，我们是查出了乙肝的健康人！中国人这么多，如果逐个查检一下，这里就是一个多大的世界了，那么，都能来这里待待，人际的感情恐怕要比铁栅栏之外好得多呢。

我们是病人，人却都病了，我的猫头鹰上帝！

一九八八年九月十一日

饮　者

　　古汉语中对"者"字运用很雅：奉使命办事的叫使者，未剃度的出家人叫行者，有节奏地扭动身体的叫舞者。饮者，为喝酒的人，可能是古时除了一般的喝喝，还有专门陪别人喝酒的，成一种职业。风是元明一路遗下来，悠悠，现在有在家宴请某某人了，要请几个伴席劝酒的；有什么领导去出席宴会，秘书要一旁保护，出来代酒的。在乡下，农民喝酒通宵达旦，媳妇们常要来照顾自己的丈夫，但不能入席，只坐在门首聊天，待到屋里的喊一声××！××就进去把丈夫已不能喝下的酒喝下，然后又坐回门首。饮者多不富有，两袖清风，一肚酒精，鼻子和耳垂子总是红红的。他们在街巷走，微风里立即能闻出前边有了一家酒馆，开坛的是清香型呢还是酱香型。

　　喝酒的理由很多，来贵客了要喝，没有贵客来一帮赖朋友也要喝，心情高兴了要喝，心情不高兴了也要喝，天气好了要喝，天气不好也要喝。喝酒也就没有了理由。——没有理由也是个理由嘛，喝！于是买一壶来，有菜就下菜，没菜干喝。北方人没见过大海，凡是大一点儿的都称海，这是一场海喝。令拳当然要划的，赢了的不饮输了的饮，真正的饮者，其实都是想办法少喝的人。在四川我见过一对逃犯，或许他们是饮者，正饮着酒，公安干警来抓了，他们沿着江边的小路一边跑，一边还挥着手划拳——输赢是要见分晓的。

　　人体的各个器官，都需要一种刺激，酒是水，性却是火，这水火的煎熬，使酒成了口舌的体育运动。球迷的最狂热分子到球场，他并不在乎球怎么踢，九十分钟里竟一直在看台上跑动，呐喊，或面对着观众指挥叫号。饮者又都善于吹嘘——吹嘘是不犯法的——李白的诗与其说浪漫，不如说是将喝酒的吹嘘毛病引进了写诗里，他的诗有了名，他却说"唯有饮者留其名"，这就又是吹嘘。

饮者一般都彬彬有礼，酒席上差不多经历三个境界，先轻声细语，再高声粗语，最后无声无语。酒毕竟是浊物，即使高人逸士，饮酒享受的都不是清福。现实中饮者会给人许多难堪，如酒后失态，如呕吐狼藉，如啰嗦不已，但古今所有的文学作品中饮者都是些可敬可叹可爱之人。这或许是文人差不多都能喝酒的缘故。西安城里有一个饮者，文是高手，酒是海量，人称瘦马快刀型。他每日都喝酒，喝酒的时候屋梁上的老鼠就聚在那里闻酒香，久而久之，老鼠也有了酒瘾。一次出差七天，老鼠酒瘾发作，在屋梁上乱跑乱叫，一个个从梁上跌下来死了。

如果让饮者论说酒的好处，那是能写一本书的。姑且认同酒和英雄是分不开的，那么英雄和美女又是分不开的，典型的如项羽。人的灵魂是存寄于身子之中的——伟大的灵魂存寄的身子或许很丑陋，伟岸的身子或许存寄着很卑微的灵魂——平时是两者难以分离。风中的竹，竹在动着，你看不见风，但有风了竹才有动态，竹的动态也就是风之形。酒和美女的作用是人的灵魂受醉，所以饮和性与身子无关。大街上我们看见饮者打着饱嗝儿醺醺而过，饮者在与分离开的灵魂飘然自在，那身子只是一个"走酒"。十年前我喝酒的时候，一次是醉了，走出巷口遇见一只狗来咬，我明明白白地感受到我的灵魂在身子之前三米远的地方，瞧见了狗用嘴咬住了我身子的左腿，还觉得好玩儿，说："疼不？疼不？"

酒有时为他人而喝，酒更多的是为自己喝。阳光和空气是大家共同的，酒是用不着培养和维系的朋友，可以当歌。除了自饮，对饮却要双方酒量相当，与酒量太小的人喝着无趣，与酒量大但不醉的人喝也无趣，有的女人酒到喉咙就变成水了，那也对饮不得，她糟蹋了酒。

人醉酒，也醉茶醉饭，醉他人，也醉自己。社会总是新的，饮者依然古老。

一九九五年十一月二十一日

说　话

说　话

　　我出门不大说话，是因为我不会说普通话。人一稠，只有安静着听，能笑的也笑，能恼的也恼，或者不动声色。口舌的功能失去了重要的一面，吸烟就特别多，更好吃辣子，吃醋。

　　我曾经努力学过普通话，最早是我补过一次金牙的时候，再是我恋爱的时候，再是我有些名声，常常被人邀请。但我一学说，舌头就发硬，像大街上走模特儿的一字步，有醋熘过的味儿。自己都恶心自己的声调，也便羞于出口让别人听，所以终没有学成。后来想，毛主席都不说普通话，我也不说了。而我的家乡话外人听不懂，常要一边说一边用笔写些字眼，说话的思维便要隔断，越发说话没了激情，也没了情趣，于是就干脆不说了。

　　数年前同一个朋友上京，他会普通话，一切应酬由他说，遗憾的是他口吃，话虽说得很慢，仍结结巴巴，常让人有没气儿了、要过去了的危险感觉。偏偏一日在长安街上有人问路，这人竟也是口吃，我的朋友就一语未发，过后我问怎么不说，他说，人家也是口吃，我要回答了，那人以为我是在模仿戏弄，所以他是封了口的。受朋友的启示，以后我更不愿说话。

　　有一个夏天，北京的作家叫莫言的去新疆，突然给我发了电报，让我去西安火车站接他，那时我还未见过莫言，就在一个纸牌上写了"莫言"二字在车站转来转去等他，一个上午我没有说一句话，好多人直瞅着我也不说话，那日莫言因故未能到西安，直到快下午了，我迫不得已问一个人××次列车到站了没有，那人先把我手中的纸牌翻个过儿，说："现在我可以对你说话了。我不知道。"我才猛然醒悟到纸牌上写着"莫言"二字。这两个字真好，可惜让别人用了笔名。我现在常提一个提包，是一家聋哑学校送我的，我每每把"聋哑学校"的字样亮出来，出门在外觉得很自在。

不会说普通话，有口难言，我就不去见领导，见女人，见生人，慢慢乏于社交，越发瓜呆。但我会骂人，用家乡的土话骂，很觉畅美。我这么说的时候，其实心里很悲哀，恨自己太不行，自己就又给自己鼓劲，所以在许多文章中，我写我的出生地绝不写是贫困的山地，而写"出生的地方如同韶山"，写不会说普通话时偏写道：普通话是普通人说的话嘛！

一个和尚曾给我传授过成就大事的秘诀：心系一处，守口如瓶。我的女儿在她的卧房里也写了这八个字的座右铭，但她写成："心系一处，守口如平。"平是我的乳名，她说她也要守口如爸爸。

不会说普通话，我失去了许多好事，也避了诸多是非。世上有流言和留言，——流言凭嘴，留言靠笔。——我不会去流言，而滚滚流言对我而来时，我只能沉默。

一九九三年三月二十五日写于北京

长舌男

一、说车

　　小时在乡下什么都不怕的，怕狼——炎天晌候有狼就坐在麦田埂上嚎，嚎如哭妇，诱吃过好多人——以至于夏夜在场畔睡凉席，胖的嫩的孩子全被大人们围着。过去了三十年，狼却没有了，这简直是个奇怪的现象！在熙熙攘攘的街头上，我碰着了从乡下进城来的一个小儿要求着他的爷爷去动物园（爷爷脸上有一道难看的疤，一看就曾是狼挖脸），小儿说：我要看狼！爷爷说：看狼去，几十年我也没见过了，怪⋯⋯

　　有狼的时候，人有危机，人不寂寞；突然间发觉没有了狼，人倒活得不重要了似的。

　　一老一少肯定没有修炼过气功，若是开发了天眼，就会发现，狼其实仍是存在，而且越来越多地集中到了城里。街面上一辆接一辆的呼啸往来的汽车，不是全附着了狼的灵魂，每天都有人被"吃"掉的吗？试想想，如果说现在芸芸众生中的许多人穿上了各类皮革的衣服，这许多人是牛羊猪鸡托生上世，那么更有人在拥有了公配的或自购的汽车，这便为随着牛羊猪鸡而来的狼了。可是，有多少人知道我们在城市里生活着是与狼共舞，倒很多很多的人还一心热羡着奋斗着有一辆供享的汽车来显示自己的价值！

　　这是一种可哀的事，也是上帝冥冥之中安排着生态平衡。狼始终在威胁着人。现代城市越来越发展，狼的灵魂不仅附在了汽车上，而且人本身就存在着几分狼气。

我告诉那老少爷孙不必去动物园的，动物园的狼已经不是狼了。小儿问我为什么。这傻孩子，他还不懂城市，孩子你见过城市的猫吗，不逮老鼠的猫还算是猫吗?!

二、说铃

晓平告诉我：凡是城里人，没有不配有一辆自行车的，每一辆自行车没有不装有一颗铃的。对，这铃就是每个人的声。铃都在街上响，响着说：让路，让路！都要求让路，结果都在路上拥挤。人人都想有自己的声，声混浮起来，无字无节，成了噪音。

经常有人把铃就丢了。丢了铃就丢了声。

似乎丢铃的人很多。

冷静一想，我的铃突然不见了，我怎么能没有声呢？我于是在停车处摘下你的铃装在我的车上，你的铃不见了，你又摘下他的铃，摘来摘去，又摘去摘来，其实整个城里只是丢失了一颗铃。

或许，最初丢失的那颗铃是一个孩子干的，孩子偶然好奇，摘下来在里面和尿泥玩，玩毕了，一扬手扔到城河壕的污水里去了。

三、说你

我哪里还是我？虽然没有移植过别人的心肺脾肾，甚至也没有换皮美容，却吃过了多少猪肉、牛肉、羊肉、鸡肉，吃啥补啥，我常常怀疑胳膊上的那片肉是猪的了，脚上的那张皮是鸡的了。尤其患过了多年的病，曾经输过血，喝过成十个胎盘制成的糊状饮品，我就感觉我不是一个人，是合众体，从太阳光下走过，总恍惚着影子也是重叠了。每天晚上，梦是特别的多，境界中人都无序，忽而将至，忽而即逝，情节繁复，转换自如，醒来就发怔，我所有的灵魂一起在做梦了？周围的人开始在议论我，说我变了，性格越来越怪异，行为已无法琢磨，原本某件事我完全可以干得了的，可我干不了，怎样努力也干不了，而某件事大家都认为我干不了的，我却轻而易举地干了！谨慎时，树影子落在地上，我都要跳过去，以为那是个坑，狂放了，肆无忌惮，得意忘形。突然见谁都怕，婴儿当道也退避三舍，突然明明知道手里拿着鸡蛋，却和石头去碰，家里人也唠叨了，在外有说有笑，一进门怎么就三棒子打不出个屁来。这怪我吗，我还是我吗？我不是了我，我还说什么，能说得清吗?！我连我也无法把握，人是一呼一吸而生存的，怎么吃饭说话时不感觉我还在呼吸？我一天天长高了，什么时候长的？夜里躺在床上，是哪一时哪一刻在睡着了？坐在那里，其实在走着，因为地球在动。太阳出来了，昨天的太阳绝不是今天的太阳。练什么气功，谁不就在大气层里？土是黄的，为什么长出的辣子是红、菠菜是绿？思维一会儿升到天上，一会儿又坠到深渊，想念无数的人，却没有具体的眉眼，如对着坍废的墙根，看腐蚀斑驳的痕迹，出现了各种景象各色人等。常常口里叼着烟斗到处寻找烟斗，正朗诵"给我一个杠杆吧，我会撬起地球"，而走到自家门口，拿了钥匙去开锁，才懊丧在偌大的世界里能拨动的仅仅是自己家锁的一个小孔。我不得不让我变，而且继续会变下去，更多的人不认识我了，我自己也难以认识我，苦恼的是名字依旧。我悔我吃过各种草的种子，如麦如稻如谷，吃过猪牛羊鸡，甚至蛇、蝎、龟和螃蟹，恨我患什么病呀，输他人的血，喝他人的胎盘，如果我是纯粹的我，我忠诚若狗，温媚如猫，愿意受人的正常的幸福和烦恼，可现在，我人非人，兽非兽，物非物！我的眼里溢满了委屈和哀伤的泪水，我只有这样活下去了。所以，我说，谁也不要理我，让我的乌合之众的灵魂去放逐吧，如果要认识我，等过三十年、四十年，某一日我死了，或许火化，高高的炼尸炉的烟囱里会冒出各种颜色的烟来，有一股清正之气，那才是我；或许土埋，坟墓上会长出许多花来，有一株散发幽香的，那才是我。而现在，我不是了真我，怨恨就怨恨吧，责怪就责怪吧，怨恨和责怪的是猪，是牛，是羊，是鸡。还有，悄悄地说吧，我输过的血保不准正是你卖出的血，喝过的胎盘饮品保不准也正是你的。

关于女人

　　如果做理性的分析，一个女人，既然是仅属于女性的人，其形象的美与丑是没有什么意义的，但实际的情况是，每一个男人，包括最理性者，见到一个具体的、活生生的、漂亮的女人，没有不产生异样感觉的。成语词典里，美女人被比作花，比作月，贾宝玉感慨女人是清水做的，我们或许嘲笑这是情种们的言论，但沈从文说过，女人是天使和魔鬼合作的产物，甚至胡适先生谈佛的戒色，主张见到美女就立即想她老了的形象，想她死后的一副骷髅，这岂不暴露了美女人仍对他们的强大的诱惑，只是无可奈何地逃避罢了。真正有点不注重了女人美丑的是那些偏僻乡间的贫困的老大不小的光棍汉，"尾巴一揭是个女的"。他们认为，只要能娶来在他的土炕上就行了。他们对于美的女人有不属于自己的潜层意识，如同我们身为机关科员，平日眼盯着科长、处长的位子，而从来没有要当国家主席的念头，即使去了一趟中南海，也不至于流连忘返，夜不成寐。可这些身子很饥渴的光棍汉毕竟还要说："什么美的丑的，灯一拉还不都一样吗？"他们在婚后也就至死不点了灯行房事，可见女人之美的愉悦是男人共有的，对美女追求只阻于穷，穷不择妻的。

　　可以说，社会发展到今天，妇女解放的口号呐喊了几个世纪，但世界还根子里是男人的。任何男人，不管说与不说，还是以外表的好感首先对一个初识女人采取对待的态度，恋爱中的"一见钟情"被歌颂得十分美妙，一见钟情的当然是外貌。每个男人都希望自己的老婆长得漂亮，诚然漂亮的标准异人异样，且人人都是那么择着，最后没有剩下的，如挑到底卖到完的桃子。而女人呢，也习惯了拿自己的漂亮去取悦男人，"为悦己者容"，瞧，说得似乎高尚，其实一把辛酸，一个不引起男人注意的，不被男人围绕着殷勤的女人，这女人要么自杀，要么永不出户，要么发誓与命运抗争，刻苦磨练一种技艺而活着。哪个女人不企图提高街头上的回头率呢，即便遇上了太馋的目光，场面难堪，骂一句"流氓！"，那骂声里也含几分得意。现在社会上的商店，几乎全是为女人开设，出售着大量的衣服和化妆品，百分之八十的杂志封面刊登的是女人的头像，好像这个世界是女人的，其实这正是男人世界的反映。男人们的观念里，女人到世上来就是贡献美的，这观念女人常常不说，女人却是这么做的。这个观念发展到极致，就是男人对于女人的美的享受出现异化，具体到一对夫妇，是男人尽力为女人服务，于是，一些蠢笨的男人就误认为现在是阴盛阳衰了。三十年代有个很有名的军人叫冯玉祥的，他在婚娶时问他的女人为什么嫁他，女人说：是上帝派我来管理你的。这话让许多人赞叹。但想一想，这话的背后又隐含了什么呢？说穿了，说得明白些，就是男人是征服世界而存在的，女人是征服男人而存在的，而征服男人的是女人的美，美是男人对女人的作用的限定而甘愿受征服的。懂得这层意思的，就是伟大的男人，若是武人就要演动"英雄难过美人关"的故事，若是文人就有"身死花架下，做鬼也风流"的诗句。而不懂这层意思，便有了流氓，有了挨枪子的强奸罪犯。

明白了这个世界仍是男人的，女人也明白了自己的美的作用，又不被美而被动了自己的人格，又是美能长长久久为自己产生效力，女人该怎样地去活呢？上帝创造万物原本公正平衡，古有杞人忧天，天是永远不会塌下来的，即使地球爆炸了，仍有供人生存的星球。过去我们以木取火，眼看着山上的树木被砍了回家烧饭，树砍光了，连树根也刨了，就害怕某一日用什么来烧饭呢，但后来就有了能燃烧的叫煤的石头，煤的石头挖尽了，又有了电，或许将来没有了电，烧饭的燃料就会出现别的。男女既为人类的两半，从来没有男为多半，女为少半，两半同中有异，异而相吸，谁也离不得谁的。相吸的是以性为磁的，性是人类同吃同喝一样重要的一种欲，性欲的刺激是以人之外貌美好为点，而欲是创造世界的原动力，这也正是上帝造人之所以分为男女的秘诀所在。对于性这种欲的冲动，人类在有了文明后带有两种说法，一是称作爱情，给以无以复加的歌颂，作为所有艺术的永恒专题，一是斥为色情，给以严厉的诋毁和鞭挞。可是，谁能说清爱情是什么呢，色情又是什么呢？它们都是精神的活动，由精神又转化为身体的行动，都一样有个"情"字，能说是爱情是色情的过滤，或者说，不及的性就是爱情，性的过之就是色情吗？不管怎么说，它们原是没区别的。女人大约有分为几个型的，如贤妻良母型和轻佻放荡型等等，又有以别的角度分为两大类的，即大家闺秀和小家碧玉。这种种类型，实质是男人的目光所见。好多男人喜欢的是轻佻放荡的女人，希望招之，女人就会来之，在一起说，笑，打情骂俏，但他们常常不愿这样的女人成为他们的妻子，对于妻子，却要求永远忠于他们，视丈夫以外的男人为石头木头，女人们到底将要全部作为妇人的，如果都对自己的妻子严格限制，天下哪儿又有供自己风流的女人呢，这就是男人最矛盾的地方，所以男人在某种意义上讲是最自私和丑恶的动物。女人之所以要做真正的女人，首先要懂得男人的秉性：男人是朝三暮四的，是喜新厌旧的，是吃了碗里看在锅里的，不胡思乱想的男人不是男人，所谓的在性上的高尚与卑下的男人之分是克制的力量强弱，是环境的允许与限制，是文化重负下的犹豫和果断。孔子说女子和小人难养，远之不行，近之不行，男人更是这样，常常有男人以占有过众多女人为荣耀，以至到最后，乐道的只是数字而无法记忆起某个女人的名姓和形象；也有男人家有美妻仍立于街头感慨美女如云，觉得每一个都胜过家中的那位，若他真的又娶了街头最美的一个，不久又会觉得此不如彼。爱是得不到的为爱，可望不可即，女人如果是一条总在手指间滑脱而去的泥鳅，男人就有了苍蝇一样的勇敢。于是，聪明的女人要使自己永远被男人看重，做了妻子永远要获得丈夫的宠爱，她应追求的不是让男人占有，也不占有男人，和让男人占有，也占有男人，转换这种关系的是一种平等，一种自我的独立。以自我而活，活有个性，活有热情，这就常活常新，正是这种常活常新，恰好符合了男人的那份易于疲倦的贱的秉性，使他们有了新鲜感，有了被吸引力。这结局虽然同讨好男人要企图达到的目的一样，但质发生了变异。可惜在这个男人的世界里，许多的女人不知道了怎样做女人，长得美固然是一份资本，但形象之美能从小保持到老吗？以美色之貌满足男人，美色之祸男人必然厌恶，且世上美貌有各式各样的美貌型，以其之一怎能囊括全部而统治男人的吃了五味想六味呢？以轻佻放荡取悦，轻看了自己，什么样的男人都要轻看你。太爱听赞美话，就易使男人阴谋得逞，顺竿而爬。太善良，对男人太好，又会使男人产生错觉，膨胀一份贼胆。漂亮是美的表，端庄是美的质，我们敬奉菩萨，首先是我们喜欢菩萨的漂亮，而菩萨庄重，再淫荡的男人也没有产生过要强奸她的邪念，但任何男人谁没有跪倒在菩萨的脚下呢？

可以说现在有相当多的女人不满男人的世界，却错误的一心要做女强人。常常听到有做母亲的在培养女儿做撒切尔夫人，撒切尔夫人之所以被称为铁女人，那是指政治而言，她们的理解，女人就要风风火火，就要慷慨激昂，好争好斗，如猛虎狮子。男人在主导着这个世界，这已经是人类的不幸，如若某一日女人在主导了这个世界，那同样是人类的不幸。男人就是男人，女人就是女人，男人与女人两极发展，这才是真正的男人和女人，才是上帝造人的原意，男者不男，女者不女，反倒使阳阴世界看似合一实则不平衡了。

独立做女人的人格，热情地对待生活，对待自己，为自己而活着，活得美好，女人越会对男人产生永久的吸引，这就是平等的，与男人平等是真正地活出了女人味。有了这种与男人平等地生存于世上，平等地做夫妻的女人味，或许长得漂亮，或许长得不漂亮，但自然而然地就产生了你的态。态是古时用语，态无法言说，类似当今人所谈的气质和风度。女人的漂亮不会永驻，女人的态却长伴终生。李渔讲女人有态，三分漂亮可增加到七分，女人无态，七分漂亮可降落到三分，它如火之有焰，如灯之有光，如金银之宝气。态当然有天生具有的，但更多是后天可培养。古时候，有态的女人多是声名显赫的妓女，妓女在那时是以男人而活着的附属物，但往往成为棋琴书画俱佳的高等艺伎，却成了活得与男人平等活着的最自为的人，所以最有了态。现在当然没必要牺牲自己，渡过血与泪的深渊而再出生污泥成莲荷，已经是有气质和风度的女人越来越多，这是社会的进步，女人们这么活下去，活着的才真正是女人。

说生病

有一种病，在身上七年八年不愈，要想想，这一定是有原因了。泄露了不该泄露的天的机密？说破了不该说破的人的隐私？上帝的阴谋最多可以意会而不能言传的。那么，这病就特别地有意义，自感是一位先知先觉、勇敢的普罗米修斯，甘受惩罚吧。或许，人是由灵魂和肉体两方面结合的，病便是灵魂与天与地与大自然的契合出了问题，灵魂已不能领导肉体所致，一切都明白了吧，生出难受的病来，原来是灵魂与天地自然在做微调哩。

真如果这么对待生病，有病在身就是一种审美。静静地躺在床上，四面的墙涂得素白，定着眼看白墙，墙便不成墙——如盯着一个熟悉的汉字就要怀疑这不是那个汉字——墙幻作驻云，恰有白衣白帽白口罩的"天使"女子送了药来。吊针的输液管里晶莹的东西滴滴下注，作想这管子一头在天上，是甘露进入身子。有人来探视，却突然温柔多情，说许多受感动的话，送食品，送鲜花。生了病如立了功，多么富有，该干的事都不干了，不该享受的都享受了，且四肢清闲，指甲疯长，放下一切，心境恬淡，陶渊明追求的也不过这般悠然。

最妙的是太阳暖和，一片光从窗子里进来跌在地上，正好窗外有一株含苞的梅，梅枝落雪，苞蕾血红，看作是敛羽静立的丹顶鹤，就下床来，一边掖下坠的衣襟一边在光里捉那鹤影。刚一闷住，鹤影已移，就体会了身上的病是什么形状的，如针隙透风，如香炉细烟，如蚕抽丝，慢慢地离你而去的呢。

　　暂不要来人的好，人越多越寂寞，摆一架古琴也不必装弦，用心随情随意地弹。直挨到太阳转黑月亮升起，插一盘小电炉来煎中药，把带耳带嘴的砂锅用清水涤了又涤，药浸泡了，香点燃了，选一个八卦中的方位和时分，放上砂锅就听叽叽咕咕的响声吧。药是山上的灵根异草，采来就召来了山川丛林中的钟毓光气，它们叽咕是酝酿着怎么扶助你，是你的神仙和兵卒。煎过头遍，再煎二遍，满屋里浓浓的味，虽然搅药不能用筷子，更不得用双筷——双筷是吃饭的——用一根干桃棍儿慢慢地搅，那透过蘸湿了的蒙在砂锅上的麻纸的蒸汽弥漫，你似乎就看到了山之精灵在舞蹈，在歌唱，唱你的生命之曲。

　　躺在床上吧，心可以到处流浪，你无处不在，无所不能，从未有过这般的勇敢和伟大，简直可以要作一部类屈原的《离骚》。当你游历了天上地下，前世和来世，熄了灯要睡去了，你不妨再说一些话的，给病着的某一部位说话。你告诉它：×呀，你对我太好了，好得使我一直不觉得你的存在。当我知道了你的部位，你却是病了。这都是我的错，请你原谅。我终于明白了在整个身子里你是多么的重要，现在我要依靠你了，要好好保护你了，一切都拜托你了，×！人的身体每一处都会说话，除嘴有声外，各部无音，但所有的部位都能听懂话的，于是感受会告诉心和大脑，那有病的部位精神焕发，有了千军万马的英雄在同病毒战斗。什么"用人不疑"的仁，什么"士为知己者死"的义，瞬间里全体会得真切和深刻。

　　生病到这个份上，真是人生难得生病，西施那么美，林妹妹那么好，全是生病生出了境界，若活着没生个病，多贫穷而缺憾。佛不在西天和经卷，佛不在深山寺庙里，佛在熙熙攘攘的人群中，生病只要不死，就要生出个现世的活佛是你的。

一九九三年十二月一日午

说请客

请客半日忙。大包小袋地从街上买着东西回来了，就操心自己的手艺，能否把一桌饭菜烹饪得有形有色有味？再是操心要请的客人会不会到来？今日真是个好日子！一切该按心愿的都按心愿进行了，送走客人，满屋狼藉，心身仍是不累的，立在房门口要给邻居家诉说："他是×××呀！"×××总是有权有势或者有名的人。如果是男娶女嫁，孩子满月，老人过寿，以及分到了房子，评上了职称，请客是熟人来，把一个欢乐扩大成十个欢乐。可×××是何等人物，席好摆，客难请的。于是，请过了客的夫妇在这个晚上吃残汤剩水时，一个在说："我真怕他不来的。"一个在说："他总算是吃过咱们的！"拿上等的饭菜给人家吃了，似乎那饭菜是多余的，像门口的垃圾，垃圾车来拉走了，就得感谢呀的。

在这个世界上，有坐轿的就有抬轿的，有想瞌睡的就有递枕头的，有人请吃，有人吃请，这如同狗吃得那么多狗不下蛋，鸡虽然刨着吃，蛋却一天一个，鸡就是下蛋的品种嘛！请吃和吃请，都是一个吃字，人活着当然不是为了吃，但吃是活着的一个过程，人乐趣于所有事情的过程。在西方，社会靠金钱和法律维系，中国讲究权势和人情，一切又都表现在吃。最早的握手起源于人与人的不信任，在普遍没有吃的时候，你冒着生命危险捕获到食物让我吃，这岂能不让我感动？当我们看见母鸡辛辛苦苦啄死了一条蜈蚣，锐声叫唤着小鸡来吃，就想到最初请客也就是这样吧。

最初的请客是一种抚养或贡献，而现在的请客则沦落到一种公关，除了给神像，再也没有贡献，抚养自己孩子也为着防老，雷锋绝对没有了，虽然那个雷锋还有厚厚的日记要记下一切。请客就请吧，帖子越来越精美，言语越说越诚恳，几乎如信男信女朝山拜佛，如面对了现场发功的气功大师，闭目屏息，迎掌端坐。但是，十分讲究虔诚的信徒们其实是何等自私的人们，他们虔诚的目的只是索取！请客者大多是有求于别人，或者在求人前，或者在求人后，深谋的还有个早些渗渠，短见的只要个立竿见影，吃一次饭当然是送蝇头以图牛头。我们常常会看到有不得不请客的人家请过客了，仍一脸无声地笑，拉拉扯扯的，一边送客走，一边要说："哎呀，天还早的，多坐会儿嘛！"心里想的是"客走主人安，跳蚤蹦了狗喜欢"。若请吃了事未办成，吃过这一次再不会有第二次，这一次也是"权当喂了狗啦！"。吃请的呢，有帮了你的，就等着你有什么表示，连一顿饭也不请吗？或许也知道君子不吃嗟来之食，他家里并不缺一顿吃的，吃请是一种身份和荣誉呀。有的人却是吃请吃烦了，饭菜是人家的，肠胃是自己的，花时间，穷应酬，说免了免了，会给帮忙的。但不吃人家不相信，这饭是一种凭证。吃吧，实在是把自己做了人质，把肚子做了坟墓，一股脑儿地埋葬那些鸡鱼猪羊的尸体了。

一个多么会吃的民族，并且自诩吃出了一种灿烂的文化，可请吃的和吃请的哪里又会明白，人是离不得吃的，吃食的不同却要改变人的品种的。秃隼之所以形容恶丑、性情暴戾，秃隼的食物是腐肉；凤凰吃的是洁莲之果，清竹之实，凤凰才气质高贵，美丽绝伦。人对食品有好有恶，和尚没有不高古的，酒鬼没有不丧德的，湖南人吃辣多革命，山西人吃醋少铺张，请吃者什么都让你吃，吃请者有什么吃什么，凡是胃囊什么食物都能盛的，少悟性，乏技艺，只能平庸，只能什么也干不了，去干一般的官儿，只能肥头大耳。肥头大耳又容易是什么呢？鱼就是为了吃，吃下了钓钩；狐狸就是为了皮毛美丽的那点荣誉，死亡于猎人的枪口。

说请客，社会上相当多的聪明能干之人其实是善请客而已，而被请者又有哪一个是讨妇乞儿？为请客如何费尽心机，赴吃请又怎样丑态百出，这其中生动的例子，随便在任何地方稍加留意，就能看到和听到，令人捧腹一笑。笑过了却一想，在目下的中国，如同城市人每人都有一辆自行车一样，我们每一个人，或许没有被吃请过，却谁是没有请吃过呢？笑别人就笑自己吧，骂别人就骂自己吧。那么，我们会说，我们这算什么呀，吃请还不是大吃请，请吃还不是大请吃，全中国最有名的吃请者只有一个，他就是那个钟馗。

是的，是钟馗。请吃就请钟馗，吃请就吃小鬼。

一九九四年一月十一日于病室

说房子

　　人活在世上需要房子，人死了也需要房子，乡下的要做棺、拱墓，城里的有骨灰盒。其实，人是从泥土里来的，最后又化为泥土，任何形式的房子，生前死后，装什么呢？

　　有一个字，囚，是人被四周围住了。房子是囚人的，人寻房子，自己把自己囚起来，这有点儿投案自首。

　　过去的地主富农，买房买地；现在一般的农民省吃俭用，第一个建设就是盖房，活着没有盖所房子，好像一个总统没有治理好国家一样，很丢人的。时下的房地产很热，大款们也是广置房产，都要囚，囚了自己，还要给子子孙孙都有囚的地方。

　　为了房子，人间闹了多少悲剧：因没房女朋友告吹了。三代同室，以帘相隔，夫妻不能早睡，睡下不敢发声，生出性的冷淡和阳痿。单位里，一年盖楼，三年分楼，好同事成了乌眼鸡，白刀子进，红刀子出，与分房不公的领导鱼死网破。

　　人为什么都要自个寻囚呢？没有可以关了门、掩了窗，与相好谈恋爱的房子，那么到树林子去，在山坡上，在洁净鹅卵石的河滩，上有明月，近有清风，水波不兴，野花幽香，这么好的环境只有放肆了爱才不辜负。可是，没有个房子，哪里都是你的，哪里又岂能是你的？雁过长空无痕，春梦醒来没影，这个世界什么都不属于你，就是这房子里的空间归你。砰地推开，砰地关上，可以在里边四脚拉叉地躺着抽烟，可以伏在沙发上喘息；沏一壶茶品品清寂，没有书记和警察，叱斥老婆和孩子。和尚没有家，也还有个庙。

人就是有这么个坏毛病，自由的时候想着囚，囚了又想到自由。现在的官们款们房子有几幢数套，一套里有多厨多厕，却向往没墙没顶的大自然，十天半月就去山地野外游览，穿宽鞋，过草地，吃大锅，放响屁，放浪一下形骸。没房子的，走到公共厕所都在暗暗设计：这房子若归我了，床放在哪儿好，灶安在哪儿好？人都被上帝分配在地球上，地球又有引力，否则，在某个早晨，人都会突然飞掉。

人多多少少都会有点儿房子的，是一室的或者两室三室的——人什么都不怕，人是怕人，所以用房子隔开，家是一人或数人被房子囚起来。一个村寨有村寨墙，一个城有城墙。人生的日子整齐分割为四季一年，一年十二月，一月三十天，每人每家的居住就如同将一把草药塞进药铺药柜的一个格屈一个格屈里，有门牌号码，以数字固定了——《易经》就是这么研究人的，产生了定数之说。人逃不出为自己规定的数字的。

有了房子，如鸟停在了枝头，即使四处漂泊，即使心还去流浪，那口锅有地方，床有地方，心里吃了秤锤般地实在。因此不论是乡下还是闹市，没有人走错过家门，最要看重的是他家的钥匙。有家就有了私产和私心，以前有些农民出门在外，要拉屎都要憋着跑回去，拉在他家的茅坑里；憋不住的，拉下来也用石头溅飞，不能让别人捡拾去。而工厂的工人，也有人有了每天要带些厂里的小么零碎回家的瘾，如钳子呀，铁丝呀，钉子呀，实在想不出拿什么了，吃过饭的饭盒里也要装些水泥灰。房间里，随心所欲地布置了，在外做什么职业，在内就表现什么风格，或者在外得不到的，在内就要补上。官人们的坐椅大，躺椅长，桌上有两副眼镜——看报纸一副，看人一副，墙上要有大的地图，书架里有领袖的装帧豪华的文集。款人们的房间里英文字母最多，以钱币叠成的菠萝挂在墙上，有一个壁橱是供了财神的，通有电光，遥感能发"财源茂盛"之声。想做艺术家的布置出了比艺术家还艺术家的氛围，有完整的盘羊头骨，有偌大的插画轴瓷缸，书不上架堆在桌上，纸烟拆开用烟斗来吸。那些自己做苦工偏要培养儿女做音乐家的，钢琴摆在窗下。病恹恹的，常年卧床的，挂龙泉剑在床头。而实在的人，过平常日子，家具是逐步添办的，色调不一，米袋子同浴盆、凉鞋、舍不得丢的吃过饼干的盒子塞在床下，醋瓶子、蒜瓣儿和《新华字典》共放于缝纫机面板上，墙上是全家照片镜框和孩子的三好学生奖状，他们今天把桌子移靠窗，明天床又东西向变为南北向，常变要出新，再折腾还是拥挤。

书上写着的是：家是避风港，家是安乐窝。有房子当然不能算家，有妻子儿女却没有房，也不算有家。家是在广大的空间里把自己囚住的一根桩。有趣的是，越是贪恋，越是经营，心灵的空间越小，其对社会的逃避性越大。家真是船能避风吗？有窝就有安与乐吗？人生是烦恼的人生，没做官的有想做做不上的烦恼，做了官有不想做不做不行的烦恼。有牙往往没有锅盔（一种硬饼），有了锅盔又往往没了牙齿。所以，房间如何布置，家庭如何经营都不重要，睡草铺如果能起鼾声，绝对比睡在席梦思沙发床上辗转不眠为好。用不着热羡和嫉妒他人的千般好，用不着哀叹和怨恨自己的万般苦，也用不着耻笑和贱看别人不如自己，生命的快活并不在于穷与富、贵与贱。

奋斗，赚钱，总算有满意的房子了，总算布置得满意了，人囚在家里达到人的初衷了吧？人的毛病就来了！人又要冲出这个囚地："情人"一词越来越公开使用；许多男人都在说，最大的快乐是妻子回了娘家；普遍流行起"能买来床，买不来睡眠；能买来食物，买不来胃口；能买来学位，买不来学问"……蚕是以自吐的丝囚了自己的，蚕又要出来，变个飞蛾也要出来。人不能圆满，圆满就要缺，求缺着才平安，才持静守神。

世上的事，认真不对，不认真更不对，执着不对，一切视作空也不对，平平常常，自自然然，如上山拜佛，见佛像了就磕头，磕了头，佛像还是佛像，你还是你——生活之累就该少下来了。

125

说孩子

　　和女人在一起，最好不要提说她的孩子——一个家庭组合十年，爱情就老了，剩下的只是日子，日子里只是孩子，把鸡毛当令箭，不该激动的事激动，别人不夸自家夸——她会全不顾你的厌烦和疲劳，没句号地要说下去。人的心是一辈一辈往下疼的，如摆砖溜儿，一块砖撞倒一块砖，不停地撞下去。我曾经问过许多人，你知道你娘的名字吗？回答是必然的。知道你奶奶的名字吗？一半人点头。知道你老奶奶的名字吗？几乎无人肯定。我就想，真可怜，人过四代，就不清楚根在何处，世上多少夫妇为"续香火"费了天大周折，实际上是毫无意义！全然地拒绝生育，当然是对人类的不负责任，但除过那些一定要生儿生女、一定要生儿不生女的人外，现代社会里的夫妇要孩子是一种精神的需要，有个乐趣，如饲猫饲狗，或许为了维系家庭。一个女人曾对我说，夫妻是衣服的两片襟，没有孩子就没有纽扣啊。

　　有了孩子，谁都希望孩子小时候乖，长大了有出息。结婚生育，原来是极自然的事，瓜熟蒂落，草大结籽，现在把生儿育女看得不得了了，照仪器呀，吃保胎药呀，听音乐看画报胎教呀，提前去住医院，羊水未破就呼天喊地，结果十个有八个难产，八个有七个产后无奶。十三年前我在乡下，隔壁的女人有三个孩子，又有了第四个，是从田地里回来坐在灶前烧火，觉得要生了，孩子生在灶前麦草里。待到婴儿啼哭，四邻的老太太赶去，孩子已收拾了在炕上，饭也煮熟，那女人说："这有啥？生娃像大便一样的嘛！"孩子生多了，生一个是养，生两个三个也是养，不见得痴与呆，脑子里进了水。

反倒难产的、做了剖腹产的孩子，性情古怪暴戾。人是胎生的，人出世就要走"人门"，不走"人门"，上帝是不管后果的。

我长久地生活在北方，最愤慨的是有相当多的人为一个小小的官位尔虞我诈，钩心斗角；到位上了，又腐败无能，敷衍下级，巴结上司，没有起码的谋政道德。后来去南方了几趟，接触了许多官员，他们在位一心想干一番事业，结果也都干得有声有色。究其原因，他们说，不怕丢官，丢了官我就去做生意，收入比现在还强哩！这是体制和社会环境所致。如今对儿女的教育何尝不像北方干部对待官职的态度呢？人口越来越多，传统的就业观念又十分严重，做父母的全盼孩子出人头地，就闹出许多畸形的事体来。有人以教孩子背唐诗为荣耀，家有客来，就呼出小儿，一首一首闭了眼睛往下背。但我从没见过小时能背十首唐诗的"神童"长大成了有作为的人。有人省吃俭用地买钢琴呀，买绘画的颜料笔纸呀，用金钱加拳头要培养个音乐家和画家，结果只能培养出一大批挣便宜钱的半通不通的"辅导"。社会是各色人等组成的，是什么神就归什么位，父母生育儿女，生下来、养活大，施之于正常的教育就完成了责任，而硬要是河不让流，盛方缸里让成方，装圆盆中让成圆，没有不徒劳的。如果人人都是撒切尔夫人，人人都是艺术家，这个世界将是多么可怕！接触这样的大人们多了，就会发现，愈是这般强烈地要培养儿女的人，愈是这人活得平庸。他自己活得没有自信了，就将希望寄托在儿女身上。这行为应该是自私和残酷，是转嫁灾难。试想，你自己都是那样，还苛刻地要求儿女，儿女会怎么看你？儿女的生命是属于儿女的，不必担心没有你的设计儿女就一事无成。相反，生命是不能承受过轻和过重的，教给了他做人的起码道德和奋斗的精神，有正规的学校传授知识和技能，更有社会的大学校传授人生的经验，每一个生命自然而然地会发出自己灿烂的光芒的。

如果是作小说，作家们懂得所谓的情节是人物性格的发展，而活人，性格就是命运。曾经流行过一种测验法，即让你随口说出三个动物来，每个动物又以最少三个词来比喻，第一个动物的比喻词便是你的自我感觉，第二个动物的比喻词是别人对你的看法，第三个动物的比喻词是原来的你。我测过百余人，发觉自我感觉，不管如何变化，总超不出两类：一是良好，如龙，是飞腾的龙，威严的龙，美丽的龙；一是喋喋抱怨，如牛，吃的是草挤出的是奶的牛，一生辛勤的牛，为人耕作的牛。可以说，人是很难认识自己的，这如眼睛看不见眼睛一样。但认识自己，设计自己却是人至关重要的事！天才不是三百年才出现一个两个的，天才是每个人都存在的，关键是否发现自己身上的天才。遗憾的是很多很多的人至死没有发现和发展自己的天才，所以，伟大的人物总是少，众生才芸芸。

我也是一个父亲，我也为我的独生女儿焦虑过，生气过，甚至责骂过；也曾想，我的孩子如果一生下来就有我当时的思维和见解多好啊。为什么我从一学起，好容易学些文化了，我却一天天老起来，我的孩子又要从一学起?！但当我慢慢产生了我的观点后，我不再以我的意志去塑造孩子，只要求她有坚韧不拔的精神，只强调和引导她从小干什么事情都必须有兴趣，譬如踢沙包，你就尽情地去踢，画图画，你就随心所欲地画。我反对要去做什么"家"，你首先做人，做普通的人。继承了我的秉性，孩子胆小，我的亲戚们让孩子在外要刚硬，谁敢打你你就打他。我说，社会毕竟不是整日打架的社会，学得那么刚硬还像个女孩子吗？小不忍到底要坏大谋的。

我对待儿女的观点，是会被相当多的人反对的，或许将永远落下不称职的父亲的声名。我虽然常常看着小学生、中学生不分昼夜地在书桌前用功，心中充满了悲哀——大人们都在自己的岗位上消极怠工，却把恶果转嫁于孩子——但我也得让女儿去做作业，去复习，去拿回考试的高分。我现在唯一能做到的，是不能忍受着一些女人向我讲述她为孩子设想伟大而美丽的前景，她不停地在说，使用着连续的逗号，好不容易出现一个句号了，我得赶紧就说："哎呀，差点儿忘了，××要我回个电话的！"我得逃避，我终于学会了逃避。

一九九四年三月二十四日

说美容

　　女人是赤裸的，女人却最善藏。藏着的部分以藏显露，如特别讲究服装要体现出线条；露着的那片脸上因为有五官，五官像阿拉伯数字，组合了就是号码，脸还要化妆，亦藏欲更露。

　　我们把画画叫美术。爱美，也就是爱画，于是女人将脸当了画布。动物皆有以美羽美纹美声来吸引异性的，说到底，美的实质的东西是性。如果世上没有女人，男人是不会去修建厕所；世上没有了男人，女人也不会去化妆。

　　不把真面目示人，这就是女人——见人不化妆，是不尊重对方呀！——性的虚幻下的活动里，男人需要假，女人就制造假。女人假到最后，真作假时假亦真：自己也怀疑了自己。一个女人说她画眉，哪日没有画了，就感觉没长了眉毛。

　　化妆的盛行，使女人越来越失去自信。谁还敢素面朝天？"女容为悦"从古代一路喊下来，现在似乎已是生活得越好，物质越丰富，女人的所悦者越少，情爱越难得。因为现代城市的女人就比乡下女人化妆得严重。女人们喜欢比喻月亮，说是明镜，是玉盘，是天灯，是夜之眼，比喻得已不知月亮到底是什么了；女人们都在形容，形容到不知什么身份什么年龄，戏永不散场，演员满街走。

　　其实，女人用不着化妆，化妆应为男人的事，如鸟兽中的凤，雄狮，公鸡和鸳。女人的化妆已经是违背了自然规律，轻贱了自己，更不必割这样填那样再做美容手术。人的身体，每一个部位，甚至一颗痣，一条皱纹，都是极其协调地配合在一起的，这如同大自然所形成的山丘、河流、洞涧、树林一样，它有它的风水。人体也有风水，随便去改造，就失去了和谐，也失去了特点和标志。

上帝既然造了我们，我们应该自信。

说花钱

中国传统的文化里，有一路子是善于吹的，如中医大夫，如气功师，街头摆摊卜卦的，酒桌上的饮者，路灯下拥簇着的一堆博弈人和观弈人，一分的本事吹成了十二分的能耐，连破棉袄里扪出一颗虱来，也是珍养的，有双眼皮的俊。依我们的经验，凡是太显山露水的，都不足怕，一个小孩子在街上说他是毛泽东，由他说去，谁信呢，人不信，鬼也不信。先前的年里，戴口罩很卫生，很文明，许多人脖子上吊着白系儿，口罩却掖在衣服里，就为着露出那白系儿。后来又兴墨镜，也并不戴的，或者高高架在脑门儿上，或者将一只镜腿儿挂在胸前衣扣上。而现在却是行立坐卧什么也不带的，带大哥大，越是人多广众，越是大呼小叫地对讲。——这些都是要显示身份的，显示有钱的，却也暴露了轻薄和贫相。金口玉言的只能是皇帝而不是补了金牙的人，浑身上下皆是名牌服饰的没有一个是名家贵族，领兵打仗了大半生的毛泽东主席从不带一刀一枪，亿万富翁大概也不会有个精美的钱夹装在身上。

越不是艺术家的人，其做派越更像艺术家；越是没钱的人，越是要做出是有钱的主儿。说句好话，钱是不能说就证明一切，但也不能说钱就不是一种价值的证明，说难听点，还是怕旁人看不起。过日子的秉性是，过不好，受耻笑；过好了，遭嫉妒。豪华宾馆的门口总竖着牌子写着"衣着不整，不得入内"，所谓不整者，其实是不华丽的衣着，虽然世上有凡人的邋遢是肮脏、名流的邋遢是不修边幅之说，但常常有不修边幅的名流在旁人说出名姓

131

后接待者的脸面方由冷清到生动。于是，那些不失漂亮的女子，精致的手袋里塞满了卫生纸，她们不敢进澡堂，剥了华丽的外套，得缩身捂住破旧不堪的内衣，锃亮的高跟皮鞋不能脱，袜子被脚趾捅出个洞。她们得赶快谈恋爱，谈恋爱了，去花男朋友的钱，或者不结婚，或者结了婚搞婚外恋，傍大款，今天猎住这个，明日瞄准了那位，藤缠树，树有多高，藤有多高，男人们"下海"在水里扑腾，她们"下海"了，在男人的船上。社会越来越发展到以法律和金钱维系，有定数的钱就在世上流通，聚聚散散，来来往往，人就在钱上穷富沉浮。若将每一张钞票当一部小说来读，都会有一段传奇的吧。

如果平静地来讲，现在可爱的倒不是那些年轻的女子了，老太太更显得真实、本质，做小市民有小市民的味：头梳得油光光的去菜市，问过了这一摊位的价格，又去问那一摊位的价格，仰头看天，低首数钱，为一分两分与摊主争吵，要揭发呀要告状呀地瞧摊主的秤星秤锤，剥菜叶子，掐葱根，末了要走了还随手捏去几颗豆芽。年轻的女子在市民里仍有个"小"字，行为做事却要充大。越是小，越怕人说小，如小日本偏自称大日本帝国，一个长江口上的滩城偏要叫作大上海。

依一般的家庭，能花钱的都是女人，女人在家庭有没有地位就看是否掌握花钱的权力，如今的"气管炎"日益增多，是丈夫们越来越多地失去了经济独立。事实是，真正的男人是不花钱的。日本的一位首相说过，好男人出门在外身上只装十元钱。他有能力去挣钱，挣了钱就让女人去花吧，看着女人去花钱，是把烦琐的家庭日常安排之任交她去完成了。即使女人们将钱花在衣着上、脸面上，那更是男人的快乐，试想，一个人被他人救过命又救过另外人的命，他是从内心深处不愿常见到恩人而企望被救过的那人常出现在他面前的。不管如何地否认和掩饰，今日的社会还是以男人为中心的社会，女人——如张爱玲所说——即使往前奔跑，前面遇到的还是男人。所以，有了自己钱的、做了强人的女人，实指望一切要主动，却一切皆不主动，尤其是爱情。

钱的属性既然是流通的，钱就如人身上的垢痂，人又是泥捏的，洗了生，生了洗。李白说，千金散去还复来。守财奴全是没钱的。人没钱不行，而有人挣得钱多，有人挣得钱少，表面上似乎是能力的大小，实则是人的品种所致。蚂蚁中有配种的蚁王，有工蚁，也有兵蚁；狗不下蛋，鸡却下蛋，不让鸡下蛋鸡就憋死。百行百业，人生来各归其位，生命是不分贵贱和轻微的。钱对于我们来说，来者不拒，去者不惜，花多花少皆不受累，何况每个人不会穷到没有一分钱（没有一分钱的是死了的人），每个人更不会聚积所有的钱。钱过多了，钱就不属于自己，钱如空气如水，人只长着两个鼻孔一张嘴的。如果这样了，我们就可以笑那些穷得只剩下钱的人，笑那些没钱而猴儿急的人，就可以心平气和地去完成各自生存的意义了。古人讲"安贫乐道"并不是一种无奈后的放达和贫穷的幽默，"安贫"实在是对钱产生出的浮躁之所戒，"乐道"则更是对满园生命的伟大呼唤。

一九九四年二月十八日

说奉承

奉承领袖是喊万岁，奉承女人是说漂亮，一般的人，称作同志的、老师的、师傅的，夸他是雷锋，这雷锋就帮你干许多懒得干的琐碎杂什。人需要奉承，鬼也奠祀着安宁。打麻将不能怨牌臭，论形势今年要比去年好，给牛弹琴，牛都多下奶，渴了望梅，望果然止渴。

每个人少不了有奉承，再是英雄，多么正直，最少他在恋爱时有奉承行为。一首歌词，是写少年追求一个牧羊女的，说"我愿做一只小羊""愿她拿着细细的皮鞭""轻轻打在我身上"。现实生活中，我们常常在拥挤的电车上看到有的乘客不慎踩了别的乘客的脚，如果是男人踩了男人的脚那就不得了，是丑女人踩了男人的脚那也不得了，但是个漂亮的女子踩的，被踩的男人反倒客气了：对不起，我把你的脚垫疼了！世上的女人如小贩筐里的桃子，被挑到底，也被卖到完。所以，女人是最多彩的风景，大到开天辟地，产生了人类，发生了战争，小到男人们有了羞耻去盖厕所。女人已敏感于奉承，也习惯了奉承，对女人最大的残酷不是服苦役，坐大牢，而是所有的男人都不去奉承。

对于女人的奉承——我们可以继续说奉承话吧——并不是错误，它发乎天性，出自真诚的热爱美好。最多是我们听到那些奉承的话，看到那些奉承的事，背过身去轻轻窃笑。而不能忍受的，浑身要起鸡皮疙瘩、发麻的，是对一些并不发乎真诚的奉承。有一位熟人，他不止一次地向我发过牢骚，批评他的领导未在位之前是不学无术的。"他老婆都瞧不起他。"他说，"连老婆都瞧不起的男人，谁还瞧得起他呢？"可这样的人阴差阳错到了位上，却什么都懂了，任何门科的业务会上，他都讲话，讲了话你就得记录，贯彻执行！以至于他们同伴之间讥讽，也是"你别精能得像咱领导！"。可是，偏是这样的领导，我的那位熟人，在批评与自我批评的会上来奉承了："我给咱头儿提个意见吧？你太不爱惜自己的身体了！你的身体难道是你个人的吗？不，是大家的，是集体的！"

我曾参加过许多全国性的会议，出席者胸前都要戴贴着照片的证牌的，我偶然一次往一位已经是七十多岁的老太太的证牌上看了一眼，看到的照片是四五十年前的她，于是留心，竟发现所有的老太太们的照片没一张是现时的，照片当然是自己提供的，老太太们都是名人，年轻时又都是美人，不愿意退出美的舞台是可以理解的，但已经鸡皮鹤首了还戴二三十岁的照片，这实在也太奉承自己了。也就在这次会上，我与一位写书的领导住隔壁，墙不隔音，我每天都能听到来访者对领导的头发、西服以及领导所著的叫《××××》的一本书的奉承。我静静地听，不敢笑，也不敢咳嗽，评价着奉承的高明与低下。大多是智商不高，唯有一日出现个口吃的声音，先是寒暄了一会，接着就沉默，接着就是要打破沉默的"唷儿""唷儿"的笑，接着说："我给你说件真真，真实的，事。昨天我上，上街，两个人打打打架了，一个把一个打倒在在地，在地上的要往起扑，头头一扬，一扬的。那人打了三三三拳，头往上扬，扬的，再用脚踢，头还是扬的，那人在地上摸摸砖，还是扬，正好旁边有个书书摊，拣了本书去头上一、一、一拍，头不扬了！你知道那是什么书？是《××××》！"

奉承是要得法的，会奉承的人都是语言大师。见秃头说聪明者绝顶，坏一只眼是一目了然。某人长相像一个名人，要奉承，说你真像××，不如说××真像你。工会的主席姓王，王姓好呀，正写倒写都是王，如果说：你这王主席，长个小尾巴就好了！王字长了小尾巴成毛字。瞧这话说得多有水平！有人奉承就不得法，人总是要死的，你却不能祝寿时说哎呀，离死又近了一年。领导去基层，可以说你亲自去考察呀！领导上厕所，怎么也不该说你亲自去尿呀！我害病住过院，有人来探视，说：听说你病了，我好难过，路上心里想，自古才子命短……他虽然称我是才子，可我正怕死，他说命短，我怎么高兴？有一度关于我的谣言颇多，甚至有了我的桃色新闻，一个人来安慰我，说：你那些事我听说了，真让我生气！名人嘛，有几个女人是应该的嘛，你千万不要往心上去！他这不是肯定了我的桃色新闻？！

每一个生命是有其自信和自尊的，一旦宁肯牺牲自己的自信与自尊去奉承，那就有了企图。企图可以硬取，刺刀见红；企图也可以软赚，奉承为事。寓言里的狐狸奉承乌鸦的嗓音好，是想得到乌鸦叼着的一块肉；说"站惯了"的奴才贾桂，是想早日做坐下的主子。善奉承的眼光雪亮，他决不肯奉承比他位低势小的，科长只能奉承处长，处长只能奉承局长，一级撵一级，只要有官之阶，人就往高处走。委屈者求的是全，忍小事者为的是大谋。人的生活中是需要一些虚幻的精神的，有人疼痛，相信止痛针，给注射些蒸馏水，就说是止痛药，那疼痛也就不疼痛了；被奉承的为了荣誉、利益乐于让他人奉承，待发觉把鸡送来了饲养却拿走了鸡蛋时，被奉承者才明白了奉承。

当然，话有三说，巧说为妙，巧说不一定就是奉承。灶王爷之所以是人间普遍喜爱的神，是灶王爷"上天言好事，下界降吉祥"，也正因为灶王爷是没私利的言好事、降吉祥，灶王爷永远未升官晋级。看多了世间的奉承者和接受奉承者，有许多激愤，想想，人本身有私欲，社会又注重权与势，哪里又能消灭奉承者和接受奉承者？奉承换句话说是献媚，献媚就是送上女之色，是妓的行为，那么，既然有了妓，妓使许多人变成了嫖客，嫖客得性病就让他自受去吧。

一九九四年三月二十八日夜

说舍得

　　世界是阴与阳的构成，人在世上活着也就是一舍一得的过程。我们不否认我们有着强烈的欲望，比如面对了金钱、权势、声名和感情，欲望是人的本性，也是社会前进的动力。但是，欲望这头猛兽常常使我们难以把握，不是不及，便是过之，于是产生了太多的悲剧：有人愈是要获得愈是获得不了；有人终于获得了却大受其害。会活的人，或者说取得成功的人，其实懂得了两个字：舍得。不舍不得，小舍小得，大舍大得。翻读古书，历史上有过了许多著名人物，韩信能胯下受辱方成大器；勾践卧薪尝胆终得灭吴；田忌与齐王赛马，以下驷对齐上驷，上驷对齐中驷，中驷对齐下驷，舍了小负之悲，得了全胜之喜。人是如此，万事万物何尝不也是这样呢？蛇是在蜕皮中长大，金是在沙砾中淘出，按摩是疼痛后的舒服，春天是走过冬天的繁荣。回顾我们经历过的事吧，许多时候我们因没有小忍而坏了大谋，许多时候我们吃了一点亏懊丧不已不久却赢取了利好，为了保持我们的本身没有被一时的浮华迷惑，声名太盛则又使我们失去了行动的自在。舍舍得得、得得舍舍就充满在我们琐碎的日常生活中，演绎着成功和失败的故事啊，舍得实在是一种哲学，也是一种艺术。

二〇〇二年四月八日下午

观看世界杯足球赛

观看二〇〇二年世界杯足球赛

一

我不会踢足球，但足球需要观看者。感谢科学发明了电视机，坐在家里可以直接面对了日韩赛地。我的秉性是不习惯太热闹，平日不大亲赴现场，看电视又不愿意吆三喝四，六月，神祇降临的日子啊，我将稳稳地坐在家里，把老婆孩子都隔离开，独自要享受足球了。

亲爱的读者，从今天起我借《华商报》的一角开辟我的专栏，请你们容忍我的秃笔。这是因为我是作家，写作是我永远改不掉的一种病。还有一个原因，是人类生活的富裕产生了足球运动，足球带给我们了欢乐，而我坚信世界杯的欢乐肯定是巨大的，在满足了我卑微的身心之后仍有剩余，就只有再用笔写出文字了。

文字让我更容易自由，它本身就是目的。

二

进入世界杯，中国人终于捅破了窗户纸，原来成功与失败、荣与辱，竟就在毫厘之差啊！它的意义并不在于中国队在决赛期能走得多远，而是改变了我们的心态：不再浮躁，从此沉着；不再偏激，从此雍容。

朝圣就要到圣殿去。上过大学和没有上过大学绝对有文野之分。

曾经有人问道：谁将是这届世界杯的冠军？米卢说：现在的中国队已经是冠军了！我在报纸上读到这则消息的那天，一个朋友拿着远方的女儿发给她的传呼留言给我看，留言是：不是在放纵中变坏，就是在沉默中变态。这位女孩子是已经在爱了，但她太需要一次成功的爱。

久旱的夏季，我们眼巴巴盯着天空上飘过一朵又一朵的云彩，怨恨过，无奈过，甚至暴戾着打过孩子和摔过茶杯，突然哗哗哗的一场大雨，所有人都会到雨地里欢呼。试想想，如果没有这场雨，农村的田里要减多少产，城市的空调机要耗多少电，一场雨省下来的是亿万的资金，更慰藉了多少人心使天下安定啊。

三

人类生存于不同的地域形成了民族，各民族过日子的方式产生了他们的文化。我们遗憾不能走遍地球，有幸却在球场上看到了一切。

揭幕赛上的法塞之战，是一场穷人对富人的胜利。法国人是高贵而华丽的，这从他们国歌里就能领略到。对于这样的强队，获得亚军就是失败。他们或许轻视着塞内加尔，或许考虑更远的战程，所以他们害怕受伤，不积极拼抢。而塞内加尔呢，一条光棍，拼一场就是一场，正如赛后他们总统的话：我们已经够了，可以回家了！爆冷能带给我们欢乐，人性的弱点就是喜欢反动。但是，历来的世界杯赛，黑马都是颜色易退的。我们不指望从塞内加尔队的身上看到中国队的影子，他们除了天生的身体条件外，你听听他们的国歌，看看他们那一张张丑而极能表现的脸，我们有那一种轻松和活泼吗？

昨天夜里，那一伙围着球衣舞蹈的黑孩子让我们激动，今天早晨，我们却不必为法兰西而哭泣。

四

球迷迷的并不是球，而是自己，和与自己有关的球。在家看爱尔兰和乌拉圭的比赛，因为雷科巴长得像中国人，就倾向了乌拉圭，可惜乌拉圭却输了。去"皇城老妈"吃火锅，正吃，人乱起来，嚷嚷楼下的"圣淘沙"茶社电视上转播德国队对沙特队，忙丢了筷子往下跑。中国队还未出场，沙特毕竟是亚洲的，当然得给他们鼓劲了。可怜的沙特人，住在沙漠里偏要穿绿衣，又黑又瘦，像一群蚂蚁，不断地被撞翻在地。当德国人踢进了三个球，我们是同情的，同情得几乎要流下眼泪，开始骂德国佬在欺负人了。但是，随着沙特的球门一次又一次被洞穿，同情已无法再同情了，滑稽的场面使我们大笑了。实力不够肯定是要挨打，沙特人战术的错误和战斗意志力的缺乏，只能是失败再加上羞辱。沙特人是有钱的，但钱与精神无关。

乌拉圭虽然输了，我却喜欢这支球队，一是喜欢那些长发飘飘的男子，他们长得很帅。中国的男人一帅就女性化了，南美的帅男人却更像男人。二是电视上不止一次出现过这样的镜头：当球射偏后，抬头仰望着，眼里充满了一种向天上神灵祈盼的神色。人是需要敬畏的，需要宗教感，即使失败了，我们也会为悲壮而感动。

五

对足球的认识，也是对生命的认识。费新我的右手残了，只能用左手，他发展了自己的左书艺术；任哲中的嗓音沙哑，他在沙哑中形成了独特的唱法。欧洲人和南美人因其身体和性格的差异，他们对于足球的观念就完全不同。

英格兰与瑞典的对阵，使我想起文学界的所谓"主流文学"，呆板是呆板，甚至粗糙不堪，但雄壮而煽情。他们类似于野战军，场面令人生畏，容易让我们为中国队丧失自信。阿根廷和尼日利亚的对抗则使我领略了什么是足球的天才，尼日利亚人几乎全是光头，阿根廷又都是长发，他们是一群艺人，表演着如文学上的"有意味的形式"，胜负当然是首位，可从某种意义上讲，形式也就是目的。

历史是人民群众创造的，历史记录下来的，却常常是帝王将相才子佳人。足球靠整体，而没有球星的球队将是平庸的。没有欧文和贝克汉姆，英格兰还算强队吗？缺少了巴蒂，我们还看阿根廷什么？球迷永远是在注视着英雄和没有英雄的局面啊。

六

巴西人可以在预选赛上一输再输，可以在决赛场上让别人先进球，但不能怀疑他们的胜利。巴西用不着谁赞扬或者诋毁，它如同大山，你添一块石头它是那么高，你搬一块石头它还是那么高。罗纳尔多长得像一只兔子，小罗纳尔多又像一条狗。都说罗马里奥是独狼，其实里瓦尔多才是一副狼相。他们如果不是一群精怪，就一定是天之骄子。同情了丑人，我们总是在丑中寻出一点美来安慰丑人也安慰我们，羡慕着美人，却极力要找美人的一些缺陷。巴西队的好让我们常常生出小小的坏心，盼望他们闪失；但若是巴西队失败了，即使胜利者是中国队，我们也会沮丧的。

土耳其人是我们中国队的对头，他们的任何不幸或许对我们都是好消息，但是，他们的失败是一场玉碎。土耳其人没有读过中国田忌与齐王赛马的故事，不会以下驷对上驷、以上驷对中驷、以中驷对下驷的阴谋，结果必然地没有胜过巴西，反倒得到两张红牌。我想，如果C组首先是中国队对巴西队，中国队绝不会拿鸡蛋硬碰石头的，不是吗，传来的消息中，中国队还未针对巴西演练什么，而是将一切力量用在死拼哥斯达黎加。中国人是狡猾的，但这种狡猾会使中国队在很长的时间里将只能是弱者。

七

中国队和哥斯达黎加的战术思路差不多，这是两个皆为弱队的原因。双方都踢得很狠，但不精彩。

中国队容易动作变形，因为我们是苦难的民族，足球又处于自卑地位，功利性强，压力大。但这次中国队并不紧张，紧张的倒是我自己。中国队的不紧张是米卢的功劳，他的快乐足球带给了我们新的思维。它的启示是：对于中国人，任何技艺都要建立新的思维。

但是，我们输了。我们输得并不丢人，我们的队员都尽了力，米卢的变化也智慧，只是我们的实力有限。不必垂头丧气，我们应该幽默起来，说：我们所攻的大门是太大了。

永远支持中国队。孩子们在考场，我们在考场外，孩子考得不好我们能怎么样呢，瞪一眼，还得拍拍孩子的脑袋给予安慰和鼓劲，毕竟还要考几场。

前几天，电视上有个镜头：全球都在为足球欢乐的时候，印巴正仇恨着要战争，而一个孩子在废墟里寂寞地颠着足球。我们还是幸运的。

八

看过了中国队与哥斯达黎加队的比赛，突然间没有了要看下一场赛事的急迫；我知道我做球迷不纯粹，只是个狂热的爱国者。

但球还是要看下去，就和朋友一边"挖坑"一边看吧。俄罗斯和美国是世界上最强大的国家，俄罗斯的足球曾经了得，但现在没落了；美国人喜欢上足球的时间不长，却干什么事情都那么自信，太自信了，就自信得不可一世。今天不是个好日子，中国队输了，美国队却在大批保安的护卫下赢得了胜利，他们胜利的是他们的那种霸气。

球场是神秘的，主宰者是神或者是魔。美国队和葡萄牙队的比赛是魔在值班，它导演着好莱坞电影。

九

因为有侵华的历史，又因为近年来日本右翼的猖獗，我对日本人好感不多，但在世界杯中，我尊重了这个民族。他们血性里的狠和犟使其从来都有野性，他们更能让我们自愧不如的是能很快很好地吸收外来的东西而贯注自己的精神。瞧这个队的所有队员都染了黄毛，似乎他们已不愿意承认自己是亚洲的，或者说，他们想成为亚洲的巴西和法兰西。

同是亚洲队，日本和韩国的比赛可以说是职业拳击，而中国队与哥斯达黎加的那场，则成了中年妇女的打架。中年妇女的打架狠是狠，只是抓脸和揪头发的乱打，乱打是最费力气的。

没有感觉是中国队与日本队韩国队的差距。有感觉有如神助，人就是超人；没感觉便是笨人，笨人干活就累。

日、韩比我们强大了，这要承认，虽然承认是痛苦的。我们需要卧薪尝胆。人是需要服的，不服一人或见人就服那都是妄人。

十

如果球员在场上动作变形，或者急得像没头苍蝇一样乱撞，这不是自卑的表现，也是少见世面。乡下的孩子和城里的孩子差异不在于智慧，而在于经见世面的多少。葡萄牙队企图以菲戈的威名让美国队丧胆，美国队却说：菲戈是谁？美国人的自信使他们的想象力生出了翅膀。你或许说这是魔鬼在作祟，但魔鬼确实导演了一场好莱坞电影。

塞内加尔精彩了揭幕战后，小组赛第二轮又踢了一场好球。与丹麦队的较量，双方并不在比速度，而在看谁能控制。整个场面如河流，但河流得不畅，只是在卷漩涡儿。会骑自行车的骑得最慢，能歌唱的能唱出低音。黑黑的塞内加尔人为非洲长了脸，我们不能不为他们鼓掌。

法国队成了落难的公子，看着站在场外一脸木呆的教练，我为他感到了可怜，更不知因伤不能上场的齐达内在怎样地叹息？这或许是天意吧。如果说将军辈出的年代人民的苦难愈多，那么，一个球队出现了一个伟大的球星，是这个球队的幸运，也是这个球队的灾难。

十一

有一句古语：持其志，无暴其气。当法国队和乌拉圭队踢了一场很粗野的球后，尼日利亚队和瑞典队却是文明之师，激烈而少犯规。观看这样的比赛，如我们吃一顿美餐，没有出现汤里有苍蝇，也没有石子硌牙。但尼日利亚输了，输在那门柱上。球场上是神秘的，对于尼日利亚人来说，这回比赛是魔鬼在门柱上值班。十六强后我们再也不能见到这群黑人，尤其梳着小蒜苗辫的如中国戏台上小丑的那个后卫，但他眉骨开裂，当场缝合又冲入球场的形象将长久地让我们敬而亲之。

三十七岁的门将奇拉维特是巴拉圭队的灵魂，曾经多么暴躁的一头老虎！与西班牙队的对抗中，老虎的脾气安静了，可没有了暴躁的老虎也就没有了威风，或许他真的是老了。年龄对于足球如同对于女人一样可怕。

有竹风才显形，阿根廷人的长发飘起来，象征着他们的速度。阿英之战，我为巴蒂发出了周瑜之叹：天啊，既生巴蒂，何必又生欧文?!

英格兰是胜利了，但我不喜欢他们。保守的美国人真能守，如果他们的个头都不是那么高就好了。

十二

我们肯定是要死的，所幸遇到了大英雄而不是街头泼皮；牡丹花下的鬼，毕竟还风流。

如果指望赢，那是我们看球人的错。

输给了哥斯达黎加队，我们可以骂。巴西踢赢了我们，我们很平静，还可以喝酒，还可以说笑。在赞叹着罗纳尔多和卡洛斯的技艺高强时，也为李玮峰、徐云龙的防守叫好，为马明宇称道。

当第一场球输后，国内指责声不绝，又开始否定米卢，这是我最看不起的。输了就是输了，明摆着实力不够。输了，又输不起，这就是我们的丑陋。我们到世界杯上来应该是以输来的，种下麦子，收获了麦草，而收获了麦草也就明白了以后怎样才不至于仅收获麦草。

和我在一起看球的朋友说：与其这样，真不如不出线的好。我说：不出线就如同那些一辈子没去过县城的山村老太太，不失败就永远不会胜利，宁在家门外痛快地死一回，也不要在门背后妄自做霸王。

我们不能进入十六强，很可能实现不了既定的目标，但中国队做了一次逐日的夸父。

十三

我们都关注日本和俄罗斯的对抗时，又观看了世界拳王之战。六月九号，是我们眼睛的生日。

我知道有许多人一直在咒着泰森的消失，但这个野兽般的人物又出现在了拳坛。西方人的价值观和我们不同，实力是决定一切的，或者说，金钱是决定一切的。泰森这次没有赢，在刘易斯的重拳下，他的眉棱开裂，两只眼变成了四只眼，他的失败如马拉多纳一样令人惋惜又解气。上帝把这样一些带着邪气的英雄降生于人类，我们真不知是爱他恨他，还是爱憎交加。

任何技艺在熟练了其基本功力后，能不能成大器就看意识了。日本人正是凭这两点走在亚洲各队的前面。中国队号称速度最快，但中国队在场面上的速度却远不如日本。中国队得意的是个人突破速度，日本队讲究的是整体推进速度。球是人踢动的，但人是被球带动的，所以日本的足球事业进步了。

当我们屡战屡败的时候，有人哀叹亚洲人不宜于足球。而日本队连连战胜世界强队，我们该从中学些什么呢？虽然我的心情很复杂，有高兴，有沉思，还有那么一点嫉妒。

十四

中国队无望进入十六强了，心倒安然下来，冷眼看球场上风云，领悟人生中的一些东西。韩国队和美国队都是首场的胜利者，两队对垒，极其激烈，每次球员身体冲撞，都似乎能听见金属声。韩国人有机会取胜，但运气往往不够。作为职业球员，仅凭能力的话，并不等于就能成功，运气是足球的一部分。比如齐达内，他平时绝少用头攻门，上届世界杯决赛却头球梅开二度，成就了法国队也完满了自己的英名。比如张玉宁，多么有才华的球员，却每次需要他的时候他都状态不佳，结果临阵遭弃，回家的路上冷寂得只有他和他的身影。状态奇佳，球迷欢呼；发挥失常，球迷骂娘。想想，球员实际上在为球迷踢球。事实是，什么叫职业球员，职业球员就是为球迷踢球。而为自己踢球的，就可能为钱呀，为见女友而深夜不归呀，去吸烟酗酒，在球场没有忘我的投入。为自己踢球的球员不可能成功，也绝不会有快乐可言。但是，当一场球踢开来，导演者却是上帝，上帝在安排着成败。至于上帝在哪里，我们不知道，我们只能说实力是自信的母亲，运气却是自信的孪生兄弟。

任何行当都有一批天生就是从事这一行当的人物，世界杯踢到现在，所有的足球天才都亮相了，有些让球迷欢声雷动，有些让球迷嘘声四起。其实天才人物都是不可思议的，他们的出色和失常在瞬间发生互换，往往成也萧何，败也萧何。天才球员可以有各种特点，但最相同的一点是对足球的热爱和在球场上的热情。我们对足球热爱的时间太短，且人员太少，所以我们没有出现大的天才球员。这次世界杯中国队得以参与，激起了国人空前的对于足球的关注。从这一点讲，中国队的成绩是次要的，意义却重大。首先穿过雷区的人肯定要牺牲，但他们的牺牲为后人蹚开了一条前进的路。

十五

法国人被淘汰了。法国人不是输在后两场，而是输在了揭幕战上。古语说：人有一事不妥，后来必受此事之累，如器有隙者，必漏也。法国人或许有些傲慢，首场当头一棒后，后边的反扑必然急躁（人是会急的，大人和小孩打架，大人也会急的）。但愈是要胜利，愈是失败，这就形成了恶性循环。和丹麦一战，是快结巴和慢结巴的争吵，慢结巴越想快越说不出话了。球不是打在门框上，就是踢空，简直是撞了鬼了！门框是球场运气的测试器，凡是球踢在门框上的队十有八九要输的。球场是神秘的，它可以让乌鸦变凤凰，也可以令猛虎如家犬。我们没有经过楚霸王在垓下失败的场面，却看到了法国队是怎样地死去。

看着英雄如何死去，是残忍的，但观者却云集。当解说员以轻松的口气不断戏谑法国人，这如同刑场边的围观者在说：瞧，头砍下了腿还动哩！我对解说员不满。想想，这也不怪解说员，人性的缺点就是喜欢有人死得很难看，尤其这人曾经是个强者。

乌拉圭也死去了，但乌拉圭死得很壮烈。我想，胜利了的塞内加尔人一定会夜里做噩梦，他们差点被颠覆，甚至还有以狡猾骗得的那个点球，他们将在很长时间里有冤屈鬼来索命的阴影。

十六

英格兰与尼日利亚之战波澜不惊，而阿根廷和瑞典却杀得天昏地暗，不幸的是，阿根廷倒下了。巴蒂斯图塔蹲在球场上泪流满面，我也眼圈红了。虽然说离开谁地球都是要转的，但没有秃顶的齐达内和长发的巴蒂，绿茵场肯定空阔了许多。

请不要以胜败论英雄，尤其在球踢到如中国春秋战国一样局势的时候。

在街上见到和尚道士，我总觉得他们是古人；巴蒂每次出场，我老恍惚间认为他是天神。这天神一定是在天上犯了错误而逃往人间的，天王终于惩罚了他。

我不明白阿根廷为什么不穿传统的蓝白条纹球衣，而是那么凝重的深蓝色？不明白球这般野性，怎么也不肯进球门？阿根廷人咆哮成了一群狮子，又粗又高鼻子又大的瑞典人却如大象一样，笨是笨，横在门口刀枪不入。

转播的镜头上再没有出现球员吐痰时的肮脏，闪现的多是阿根廷人射偏了球后双手抱头的画面，多让人揪心啊，他们是在懊悔没有用脑子去踢，也是在恨不得把头颅摔进门网里去。

当时间一分一分过去，一次次机会与阿根廷人擦身而过，瑞典人射中了一个定位球，这不是球，是一颗原子弹！我看见阿根廷人头顶上的光焰骤然削弱，从此乱了章法，如背上插着箭的兽往前闯，但瑞典人的门前是一片沼泽地……

我急得大叫，肠胃觉得很饥（看激烈的球赛不利于心血管，却有助于消化功能），旁边的朋友嘲笑我：瞧你这样子，皇上不急太监急！我说：法国队殁了，阿根廷也要殁了?!

阿根廷真的殁了。

世上有十全皇帝如乾隆的，也有兵败身亡的项羽。成功者有成功者现世的荣誉、地位和富贵，可以谱写关于自己的神话，但失败者如果是真英雄，却往往在死后尊为神圣。本事和命从来两回事。刘备是汉中王，如今只是个爱哭的象征，关云长仅是刘备的将，可是呢，各地都有了"关帝庙"。

观看着丹麦和法国、瑞典和阿根廷的比赛，一句古话总在脑子里出现，那就是：白眼观尘世，金刚养道心。

十七

我虽然一直在为中国队说好话，以维护和提高我们的自尊，但看完同土耳其队的比赛，我说，我是悲哀了。看中国队比赛，简直可以说，如去医院看望患了绝症的朋友，明明知道他是不行了，但还得说：你会好起来的！我们在欺骗着病人，也欺骗着自己。我的悲哀没有眼泪，也没有想骂谁，这悲哀应该叫悲凉。悲凉的当然不仅仅是足球，它让我联想到了我们国家综合实力的各个方面，也包括我为之奋斗的文学。我们落后大家都承认，也正因此，我们才要民族复兴，才进行着改革，而当改革取得了一定的成就后，我们应当清楚，我们仍是在追赶别人，还没有赶上。我有这样的经历，有许多东西，在家里的时候感觉很好，等拿出去和别人的一比，才知道逊了色。我是现在才稍稍明白了一些文章该怎么写的道理，而我的年龄却大了，于是常常恨恨不已。所以，我看见中国队郝海东一批队员脸上的神情，我理解他们，他们是在懂得了足球到底为何物的时候，他们再也无法在以后的世界杯上来证明自己了。是啊，世上的各类事业中有多少有志之士就这么饮恨着！

这场比赛，中国队太想赢，或者说太想进一球了。

进一球的目的或许是为了止住下滑，是为了捅破一张纸寻到感觉鼓舞士气，这种情况我们都理解，我们平日玩麻将、玩"挖坑"也是这样的。我要说的是，进一球的目标虽很可怜，它的错不在于目标的大与小，而在于我们自觉不自觉地又给足球增加了负担。米卢给我们最大的贡献是还原了足球为足球，但我们的足协、我们的球员以及我们球迷稍不留神又滑到了原有的已经习惯了的辙道里。所以，我们心太切，没有先稳住，只图快速，以至于仓皇不及被土耳其钻了空子，让自己处于了被动。中国人习惯给任何事情提升政治高度，增加负担。问题是，有着苦难历史的中国人往往难以承受负担，最后适得其反。一旦适得其反，其打击更加重了，陷入恶性循环。

三场球俱遭失败，我听见我们许多人，包括球员，都在说：我们是来学习的。这话没错，但我反感有人将"学习"二字作为失败的掩饰和自我解脱。这样的话我似乎听得多了，中国队以往失败一次说一次，我真不知道什么时候才是学习好了的时候，难道永远不总结不提高到老了还是个小学生？社会上一些干部总是犯错误总是检查，检查了又犯错误，这种丑陋的秉性我多么希望不要再发生在我们的球队身上。

这届世界杯，再也没有中国队的身影了，我的《观看世界杯》的文章再也不可能写到我们的球员了，所以，我评价一下我们的球员：我们对范志毅、孙继海寄予了最大的期望，他们却以受伤的形象让我们失望，这是在考场上生病的学生，让家长恨不能恨，但绝不会爱。郝海东和杨晨没有进球，当然有战术上的限制，但他们所持的长矛虽不是银蜡做的，却也不是纯钢。李玮峰是好的，他是中国队门前的一座峰，这峰若是巍峰就太好了。徐云龙和杨璞，我念"杨璞"名时总念成"杨虎"，这一龙一虎表现得不错。曲波和杜威

我以前喜欢过他们，可在同土耳其一战中，该怎么说呢，我只能说：看他们
以后吧。

十八

日本和韩国是"人来疯"，人来了就踢疯了，所以他们都以小组的头名出
线。我们一边为亚洲队能进入十六强而高兴，一边却也嘀咕这是不是小人得
志？看着日本同突尼斯的球场上，几乎所有的球迷脸上都贴了印有太阳旗的
纸片如贴了膏药，我就羡慕着人家的欢乐。中国队和沙特队丑是丑些，日本
队和韩国队仅比我们长得端正，但这一回，是我们的丑衬托得他们漂亮了。

电视转播的镜头上，一支一支战败者都离开了，他们没有留下继续看球
或者去观光，欢宴上的美酒从来就是为胜利者准备的。受伤的兽，即便是狮
子老虎，也只有躲进洞穴去默默地舔伤口上的血。东边日出西边雨，新人笑
必有旧人哭，尘世就是这么势利和残酷。

小组赛的最后四场球，紧张而并不精彩，如果日本人是赢在了自信上，
韩国人的胜利却因狠毒得手，可怜的葡萄牙人以为同韩国人可以默契打一场
平局了，但韩国人的一脚进球将他们日弄了。球场上有阳谋也有阴谋，有君
子也有小人。这又能怪谁呢，革命不是请客吃饭，足球是战争的象征。

看着葡萄牙队的教练拄着双拐从场边走过，我想起了阿根廷队的教练在
整场比赛中不停走动的身影。教练实在不是好的职业，我们一般人一生或许
只有一次两次在产院和手术室外等待我们亲人的熬煎，但足球教练却每一场
比赛都在受着难。

十九

进入第二阶段的十六强淘汰赛，如人生进入了中年，都已经是好日子的
人家，有富又有贵，长相也相对稳定，但是，工作、生活、身体的负荷量增

大，前途的路越发是一条钢丝。提着鸡蛋篮子在人窝里走，你不挤，走不过去；你要挤，随时都有别人撞碎你的鸡蛋。有个哲人讲："一只兔子在前边跑，后百人逐之，不是一只兔子可以分为百只，因名分未定。"为了名分，队与队之间都是坟墓。

越是有了巨大的荣誉，越是有着巨大的危险；越是接近辉煌，越是争斗惨烈，这也是所谓的"高处不胜寒"。往往在不胜寒的高处，实力的作用呈示出来，球星的作用呈示出来。当都在幼小的时候，鸡比鹰可能飞得高，但长到一定程度，鹰就之所以为鹰了。英格兰对丹麦的胜利，说白了，就是贝克汉姆和欧文的胜利。大将军在街头饭馆打群架的时候，他或许被打趴在地，当大将军在一场战争中，他却可以让千军万马的敌方灰飞烟灭。

中国队已经回国，也给我们鞠躬感谢和致歉了，这很好，没有了功利心的我们就可以静静地看以后的比赛了，如看动物世界，如看影视，如看小说，为他们的进球高兴而高兴，为他们的失球惋惜而惋惜，可以说，我们是有意味地起哄。

德国队与巴拉圭踢，踢得沉闷不堪。为什么沉闷？怎么个沉闷法？沉闷又是如何进行的？这就是一个看点，也就理解了鲁迅先生"墙外有两株树，一株是枣树，还有一株也是枣树"的句子。人生其实很多时间里是沉闷的，无聊和寂寞的。不在沉闷中变态，就在沉闷中放荡，德国队和巴拉圭队在给我们演绎着。

看球看到这个地步，我多么希望看到全景俯瞰式的转播镜头，那样可以看清两军对垒的战术配合，但这样的镜头几乎没有。我们是电视机前的球迷，电视将我们培养成了目光短浅、没有整体感的人。也正是这样，我们只能谈我们的偏颇，至于足球专业方面的话，说不得，说了就暴露我们的无知和蠢笨。糊涂在某种意义上是快乐，我们是快乐的球迷，如我们就是芸芸众生的一员一样。

二十

瑞典人高大壮白，塞内加尔人黝黑瘦小，一个队如一个队的影子，但影子吞噬了身子。解说员戏称塞内加尔队面对了全叫着什么什么森的瑞典队将成为伐木者，这伐木者其实是一群兔子，他们灵活地穿梭于树与树之间，然后将一片森林伐掉了。一直忧郁而沉稳的马特苏教练最后是笑了，上帝往往将灿烂的笑赐给忧郁而沉稳的人，而不是那些阴毒或张狂的人。

其实瑞典人踢得并不差，他们的战术讲究，又最不浪费，不浪费体力，不浪费时间，不浪费机会，他们是首先进球了。他们在加时赛期间是踢得最得意的阶段，却吃了得意忘形的亏，瞬间的疏忽给了塞内加尔人针孔大个洞，人家就钻进来了筛子大的一团风。

黑人的技术好，太好了，有这样好的技术若有好的战略战术，或者说先进的足球观念，必然由弱要变强的。马特苏教练是法国人，他调教了塞内加尔队，其成功如文学上的马尔克斯。中国队也请的是洋教练，米卢的本领可能比马特苏还大，米卢的失败在于中国队的技术太差。国家队的教练是不管技术的，这如同大学的教授不教学生怎样起床穿衣服和吃饭如何使用筷子。所以，我们不能怪米卢，只能为他悲哀。

二十一

依我，或许更多的人的感情，并不希望美国队赢，因为他们国人并不狂热足球，又是因为他们什么都强大，难道任何重大的国际活动都离不开美国人的身影吗？但是，美国队还是进入了八强。一条裙子，对于贵妇人无所谓，贫苦的农妇就可以穿上出门了，上帝偏就把裙子给了贵妇人。

美国队的胜利，是上升期的气势之胜，虽然它没有大的球星，技术又很粗糙，但他们蓬勃向上，有生和野的冲劲。他们同墨西哥的比赛使我想到了中国文学史上的著名作家废名和沈从文。沈从文初期是学废名的，废名的作品成名于有强烈的个性特点，个性特点又限制了他以后的写作只维护自己的特点，结果他的作品气就内敛。沈从文学习了老师的特点，却不拘泥于特点，其气扩张喷发，最终成为一代文学大师。

很多人已经说过，足球是最能体现民族文化的，但是，它的基础必须是球队有了一定的水准，这如同初学写作者是谈不到风格问题的。干任何事，蠢笨是不行的，太烂熟太讲究则浮华靡丽，理性过之而混沌不足，混沌最具力量。现在的一些老牌球队随着他们辉煌的历史走向了技巧战术的精致，这当然是应该的，却对强悍之气的逐步消失估计不够。中国古书上记载着混沌原是一个厉害得不得了的生命，但没有七窍，有人就开始要为它凿，一日凿一窍，凿到第七天，七窍是有了，混沌却死了。

现实生活中也是这样，太爱修饰的女人，这女人一定是年龄大了。大人物是在处处小心，但大人物之所以为大人物，他是不裹缠在小事情上的。

* * *

三十二支球队虽然为着各自国家的荣誉而战，但足球的真正意义并不在于此，当一些球星随着球队的失败离开之后，足坛的天空已不灿烂。假若没有了巴西，最少是巴西没有进入决赛，这届世界杯将变得平庸。看戏为的是看名角，看踢球就是冲着球星的表现。巴西人战胜比利时我们并不激动，激动的是又有眼福欣赏了罗纳尔多、里瓦尔多、小罗纳尔多、卡洛斯、德尼尔森展示的艺术。什么是神话，什么是天兵天将，幻景变成了现实，我们在平凡而琐碎的日子里可以受活一回了。

二十二

六月十八日，日本在下雨，满场的球迷都穿了白色的雨衣——这是个不祥的预兆，白雨衣穿着如孝服——日本队在排山倒海的鼓噪声中输了。

这是一场正常的比赛，双方都发挥了应有的水平，结果在告诉我们，日本队除了还未真正具备谁也不怕的本领外，幸运之星并没有光照他们。天还在下雨，天空的眼泪早早已经落下。特鲁西埃，那个自负的法国人教练，九十分钟内一直在嚼口香糖，嘴唇嚅动着如他的心脏在跳动，他可能想到了这样一个问题：是日本队取得了长足进步后膨胀了日本人惯有的野心，而犯下了摆不正位置的错误吗？是的，进入了大户人家的头道门可以，进了二道门也可以，但要进入正堂就有"回避"牌子在那里竖着，更不要说想到人家的卧室里去。欧洲和拉丁美洲的强队如果是丰乳肥臀，那是从人家的奶奶起就丰乳肥臀了，靠吃激素一时的肥胖，毕竟还有着质的差别。

在韩国，天是晴天，整个球场一片红色，像是燃烧起了大火。韩国人果真是赢了。韩国人以其顽强的意志，充沛的体力，也是以希丁克战术上的豪赌，球迷的支持以及那个不苟言笑的裁判的关照取得了胜利。我们盼望着韩国队进入八强，它给了亚洲一份安慰和那么一点信心，但倒霉的意大利队多么令人同情啊。在韩国人昼夜狂欢的歌声里，我们能听到意大利人对"黑哨"的诅咒。

二十三

终于等到巴西和英格兰的对抗了，这不仅是一山容不得二虎，要目睹一场血污之中谁是王谁是贼，更是从某种意义上讲，冠亚军比赛提前进行了。

强队与强队的强是差不多一样的，只有弱队各有各的弱。轻量级拳击最为好看，重量级拳击并无过多的观赏性。这场球赛亦是如此。开场以后长时期的沉闷可能让许多人要昏昏如睡，他们的谨慎却使我想起了一句古语：圣贤庸行，大人小心。越是弱队，越是莽撞，为的要出其不意。初学象棋的人喜欢当头架炮，高手才来回相士，以卒探取消息。老虎的态度是慵懒的，常常卧在那里不挪动，但老虎绝没有睡着，一旦猎物出现，它便迅雷不及掩耳地扑过去。欧文就是这样，罗纳尔多就是这样。他们似乎不是在比谁更好，而是比谁有失误。外国的故事里，说公主之所以高贵，是在十多层棉褥下放一颗豌豆她能垫得睡不着。强队与强队的天平上，某方落一粒尘土就会将对方翘起来的。

佛书上讲：做车子的人盼别人富贵，做刀子的人盼别人伤害，此不是爱憎问题，是技术本身的要求。我们盼望巴西和英格兰能一起出现在本届世界杯的最后赛场，但他们偏偏过早碰上，从来文无第一武无第二，比赛又为的就是胜负。上帝派下来了贝克汉姆和欧文在英格兰，派下来了罗纳尔多、里瓦尔多、小罗纳尔多在巴西，他们的宿命里就是厮杀。英格兰队是输了，巴西队是赢了，或许今晚在英格兰是一片哭声巴西一片欢笑，但对于全球的看客，这些都不关痛痒，而激动的仍是那些球星。

在牛顿出生的房间墙上刻着这样两句诗：自然与自然规律在黑夜中隐藏着。上帝说，让牛顿去搞吧！于是一切都光明了。

我们生活得太琐碎和无聊了，上帝给了足球和一批踢足球的人，我们就快乐了，别的都不再去管吧。

二十四

韩国队又赢了。韩国人是可怕的毒蜘蛛，将网结在门口，所有的飞蛾来一个擒一个。这厉害得有些邪乎，有些流氓，有些过分了。

我见多了有关政治经济文化艺术评奖中的龌龊，很难再听谁说"神圣"了。我羡慕着体育界，以为它们的竞争是最公正的，但这一回场场不漏地观看世界杯，才明白人类有人类的病，那是无法根除的。

如果换一个位置，韩国队是中国队，我们会是怎么样呢？我们肯定就不认为是裁判的错，肯定要歌颂我们的奇迹。

尘世上原本就是是非非，欢乐和苦恼就在是非中，既然活人，这一切都是享受。

那么，抛开了裁判，就说韩国队吧，我们应该敬重人家。两年前，中国队几乎同韩国队差不了上下，我们以为从此不"恐韩"了，谁料两年来韩国队已经用枪用炮了，中国队还在耍大刀长矛。过去，我们常在说"形势一片大好"的时候正是面临了糟糕的局面，中国队一直强调"态度决定一切"，也说明中国队的态度有问题。光看重集体的利益容易导致政治压力过大或者个人消极怠工现象，而在看重集体利益的前提下追求个人的荣誉感，韩国人和日本人在这方面做得的确比我们好。米卢的"快乐足球"改变了我们的思维，但对于一个足球运动并不发达的国家，稍不注意，"快乐"又软化了我们的精神。

对于足球的"恐韩"并不可怕，重要的是在民族精神上不至于也"恐韩"。

二十五

进入半决赛，我们没能见到像一群骏马一样的英格兰人和阿根廷人了，浪漫的足球已去。但德国人和韩国人，两队靠身体和意志的激烈对抗，使这一场比赛纯粹而精彩。

天下大乱终于演义到了封神的时候，是神就该归其位，一切事情都有应有的宿命。

我们已经说了许多对韩国队不恭的话，现在可以闭嘴了。这场球在严肃了球场纪律后，在韩国队体力已严重不济的情况下，输是肯定的（贝利并不是乌鸦嘴，他一直在说反话，他不说巴西赢是盼巴西赢，他极力说韩国好话，其实在咒韩国）。但韩国队表现出来的，除了精神，还有战术及队员的素养，他们应该是亚洲的英雄。回顾前边的几场，可以说他们有些"懒"。可想想，即便裁判要偏护我们的球队，我们能坚持到加时赛吗？对于赛场上的不公当然我们要有不平的声音，觉得韩国人"过分"了，但若反复地嚷嚷不已，却正反映了我们的自卑和小气，也有些"过分"了。韩国队踢得好，好就好在哪怕是在偏护下一路走到了四强，这一过程就锻炼了他们。可以这样说，从这次世界杯赛后，他们是成熟了，将站在强队之列，起码可以雄视亚洲各队了。中国的国策长期以来以韬晦为主，中国足球队需要的是静下来，好好卧薪尝胆了。

战争是人类的天性，为了不至于人类的毁灭，上帝给了一个足球，战争便分成了两种：一种悲惨的和一种欢乐的。这届世界杯因裁判的问题为我们看客提供了各种说法的机会，恰正是欢乐战争的欢乐。当我们为上一场球吵吵闹闹着又急切地关注着这一场球，上帝一定是在笑着。

眼看着全部比赛只剩下三场了，我们突然感到了一种失落，不晓得决赛之后日子怎么打发，尤其我们做男人的，虽然"三八"节只给妇女们放半天假，男人节却足足一个月啊。

二十六

在日本崎玉的赛场上，巴西队和土耳其队上演了最有观赏性的一场艺术剧，包括精彩和失误。两支球队像有了默契一般，既文明，又放松，尽情地表演。如果说前边的赛事有些野，还有些不尽如人意，这一场就是戏曲舞台经过了故事情节的交代后的一幕令人如痴如醉的唱段：唱段是最能表现演员才情的，戏迷也最过瘾。

不能不再说说巴西人了。看过了这么多球队踢球，又看过了巴西的踢法，我疑惑了什么是先进的足球观念？对于足球的认识，许多人都有一套，但都是根据自己球员的实际来建立的。比如巴西，他们绝不全攻全守，进攻时后卫不动，防守时前卫不动，但他们攻能攻进球，守能守住门。任何理论它都是实践的产物，它没有所谓的先进和落后，胜利就是全部的意义。当然，巴西的天才球员太多了，大天才是无拘无束的，这如小和尚整日敲木鱼念经，大德大师则是修来的，只讲法布道。想想罗纳尔多的六个进球的不同的方式吧，想想里瓦尔多、小罗纳尔多的所有传球，想想卡洛斯、卡福、德尼尔森的脚下功夫，这些人真是为足球而生的，假如这届世界杯他们没有走到最后，我们的眼睛就太贫困了。

我们喜欢看意志型的足球，因为我们缺少激情，我们更愿意看艺术型的足球，因为我们需要诗意。正是这样，上帝让巴西队四次在世界杯上夺冠，这一次也极可能。伟大的巴西足球，是人类福祉的象征。

二十七

我们急切等待冠亚军的决赛，对于三四名之争并没有抱多大的热情，可看可不看吧，然而，这场比赛却使我有了更多的感慨。

韩国队没有踢好，有些像中国队，心急要吃热豆腐，越是想吃越烫了嘴。韩国人不是缺乏了旺盛的斗志，攻势依然是急风暴雨，他们除了没有那一份幸运外，就是土耳其的哈坎·苏克的复活。苏克原本是世界足坛屈指可数的前锋之一，而他在这场比赛之前竟还未进一球，似乎许多人在轻视了他，甚至连他的国人都在哀叹他江郎才尽，"一个苏克的时代结束了"。但是，苏克又复活了，他的复活是那样的可怕，土耳其的三个进球都与他有关，他的迅疾的进球和绝妙的传球，令坐满韩国球迷的整个赛场瞬间变成死海，也令一切诋毁他的人从此闭上了嘴巴。当火堆在不停地冒烟的时候，那绝不是死灰，火堆在憋劲，一旦砰地出焰，那焰就足可以烧焦一切的。所以，永远不要嘲笑那些背时的英雄，而被讥为固执的居内什教练则不是他用错了人，正是他识才的准确和胆量。

我怎么也无法对法国的那个光头门将产生好感，他叫巴特兹，他的张狂令人觉得滑稽而丑恶。但我喜欢像猎豹一样的德国门将卡恩和土耳其的门将鲁斯图·雷茨贝尔。鲁斯图·雷茨贝尔一直在他的眼睛下画上两道黑，不知他想增加眼下的两道眉毛还是为了再多出两只眼？中国有马王爷三只眼之说，如果一个门将有四只眼，他会看清每一个来球的方向，也会使每一个对手在射门时胆寒。我想起了一位老书法家教授他弟子的方法，他并不要求弟子一开始就整日临某某古人的法帖，而是让弟子读某古人的传记，了解某古人的生活习性、服饰、癖好、做派，学得很像了，自我感觉就是某古人了，然后再练某古人的法帖。这种教授办法似乎有些荒唐，但这位老书法家的弟子的书艺却确实在突飞猛进了。球场上我们常常惊叹有些球员的神奇，往往忽视了他们的怪异装扮，以为那仅是个性的表现，其实那是呼唤神和魔的力量。神和魔是存在的，它的力量就在我们人的身上，个性总是神魔通过的门口，而我们，包括我们球队的队员却常常缺少了这点。

二十八

走过了千山万水去拜佛，到了目的地，原来只有一座破庙。这就是世界杯决赛上半场给我们的感觉。从来的决赛都不精彩，但却分分秒秒让观者提心吊胆。再破的庙，庙里却是有神的，神毕竟伟大和灵光。进入了下半场，戏果然唱得回肠荡气了。两队使尽了手段，以长攻短，以短避长。一边是生死一卡恩，一边是存亡三"尔多"。最终巴西人胜利了，他们有罗纳尔多。

每届世界杯都有足坛的"圣人"出，上一回是齐达内，这次轮到罗纳尔多了。罗纳尔多是不可思议的，罗纳尔多是苦难的，在他有了名后他的存在就是别人的威胁。他在球场的任何地方，都有对手狼一样地围着，撕他，踢他，他得以更大的度量去容忍，得以更强的力量去冲破。"圣人"就是这样产生的。

德国人输了，总得有人要输的，他们拙笨的打法、粗糙的技术，纵然人高马大、一身力气，足球场上毕竟不是挖土打屋基。

当那个精瘦怪异的光头科里纳（我怀疑他是十八罗汉中的一个）吹响了最后一声哨音，我没有随着里瓦尔多和罗纳尔多相拥相抱在一大群摄像机前的镜头而大呼小叫，我被三个镜头震动了，呆坐在沙发上流下热泪。一个镜头是巴西的三名队员趴在草地上长久地祷告，一个镜头是巴西的门将跪在了网门内口里念念有词，而另一个镜头则是红着鼻子的卡恩像受伤的兽一样窝在那里暗自沮丧。多么有宗教感的人！面对着这样一群勇猛而才艺超凡的人，又如此敬畏天地，敬畏生命，今日的球场上，赢了的输了的他们都不是失败者，都是英雄，值得我们向他们致敬！

二〇〇二年的世界杯终于结束了，突然间像是做了一场梦，似真似假，犹如坠入了《红楼梦》里的太虚幻境。我推窗望着夜空，夜空是看不见云的，到处闪烁着星星。我知道那些际会的风云已散，球星们都到了天上吧。看着这些星星，心身慢慢回到了现实，是的，明天是星期一了，该要早早起床去买菜，送孩子上幼儿园，去上班，为我们的柴米油盐酱醋忙活了。

敲门的是三个朋友，紧急通知我明天去开个重要会，他们也是刚刚看完球赛，对我说：人为什么要踢足球呢，咱们为什么要看球呢？我说：这谁说得

清呀，反正一个月就这么踢球的踢疯了，看球的看傻了。但是，我最后还是
给我的朋友念了一首诗，诗是唐时针对蹴鞠（也就是现在的踢足球）写的：

> 八片尖皮砌作球，
> 火中燀了水中揉。
> 一包闲气如常在，
> 惹踢招拳卒未休。

观看二〇〇六年世界杯足球赛

一

往鼻子上涂一片白，我又来了，因为世界杯足球赛要开始了。

世界杯足球赛永远是人类的节日，已经憋了四年，就等着这个六月。六月的天上滚动的不是太阳，那是足球，我们将要流更多的汗，熬更多的眼，大呼小叫，做一回疯子。

一届一届的世界杯，戏是不停地变换，但舞台不变，精彩依旧，庆幸的是我还是看客。我这个看客，无论多认真，其实是个外行，外行只看热闹。日子太整齐，生活又沉闷，图的就是个热闹。

上一届让我开专栏，我胡说乱道了一个月，只说是玩儿呢，没想那些文章会有那么大的影响，我是个人来疯，这次一招呼又来了。

来了就来了，反正是任何人看球都不会一语不发，我是把自己要说的话写出来就是了。

五月二十四日

二

揭幕战使我们领略了什么是强者。人牵着球，球牵着人，红白相间的色彩如水如雾移动，德国人控制了节奏。克林斯曼在大喊着：向前向前！向前的德国人到了前场却极其沉着，细针密线地倒脚传递，然后是一剑封喉。强者是从容的，从容得几近温柔，弱者才使强用狠，才强调一种精神；精神是弱者唯一的武器，但强调精神而往往踢法粗野则让我们看到了人性中的恶劣。狗可能会疯，狼可能会狂，老虎从来给我们的是沉稳的身影。

万乔普当然迅猛，瞧他那双小耳朵啊，小耳朵的兽都是迅猛的，但一棵大树毕竟不是森林，而德国队却让我们记住了更多的名字，如克洛泽，如拉姆，如施奈德和弗林斯。当今再也不可能有马拉多纳了，如果一个球队还打一个人的战术，他可以成名却难以成功。

作为看客，世上有太多的东西逗着我们兴趣，但"9·11"太恐怖，街头吵架又太恶心，只有足球让我们快乐。再来一瓶啤酒吧，怎么叫好怎么臭骂都行，就连电视上一闪那个叫吉马良斯的一张严峻的马脸，我们都要乐了。

六月九日深夜

三

如果说德国队和哥斯达黎加队那是玩球，英国队和巴拉圭队真是在踢球了，你大脚过来，我大脚过去，那一晚，球是最痛的。

现代足球产生于英国，英国人却永远不变那种踢法，也永远踢得不好看，这或许是老贵族的傲慢与固执的意识作祟。

但是，英国队仍然是我热爱的球队，因为有贝克汉姆。一个女人要是漂亮了男人喜欢女人嫉妒，但这个女人太漂亮了，男女就都喜欢。帅气的男人也是这样。贝克汉姆是天生的帅样和天生的球技集于一身的人，所以他有资格成为偶像。你看他那跑姿，你看他那传球，当镜头对准了他向你看的那一双长眯眼，我看转播的那个酒吧的电视机前所有人瞬间电击，静寂无声。我是丑男，但我并不惊恐我们的那些美男子，怪得很，中国的男人一美常常就女性气了，那么高大的身子偏要穿又短又窄的紧领花衫，我就把脸背过去了。

足坛上那些出类拔萃的人真像《水浒》里的一百零八将，各有各的特征，各有各的绝技。或许很多很多的角色我们已忘记和即将忘记，但马拉多纳不会忘记，贝克汉姆不会忘记。

六月十日夜

四

网球场上我们看过了俄罗斯那么多的什么娃，而足球场上来了塞黑人，就看这些某某奇了。但壮实如牛一样的奇们并没有创造奇迹，恰恰是对阵的荷兰人精彩发挥，把三分拿走了。荷兰人必须拿走三分，因为这个组还有阿根廷，那可是狼虎之师。

大多数球迷都似乎倾向荷兰队，喜欢那橙色，喜欢那一张张头发微卷的娃娃气的脸，更喜欢的是他们从来没得过冠军却开创了足球新的天地，真正体现了足球的大道。这有点像我们爱项羽不爱刘邦。世俗越来越实际，但英雄到底有庙宇，如果让我给这个庙宇挂联，我就写：披褐而怀玉，道德可久身。

歌颂了荷兰队，我还得歌颂一个叫凯日曼的塞黑人（他是塞黑队不叫奇的三人之一）。就是这个凯日曼，他明明是荷兰人的对手，竟是那样的崇拜范巴斯滕，赛前说如果他进了球，这个球就献给范巴斯滕。哇啊，世上有许多人和事，你该服时必须服，心服了口也服，如果气量狭窄，诽谤诋毁，那是没用又影响自己形象。恭维女性可以使男人高尚，尊重英雄也才可能成为英雄。

得说那个裁判了，瞪着眼睛的光头科里纳我们再见不到了，他是那样的

166

威严又滑稽，而默克呢，作为新的金哨，他在场上一次被球踢中，一次被撞倒地，他够倒霉了。但他的准确、公正和本分与科里纳是多么不同啊，科里纳始终张扬他的存在，强调他是比赛的上帝，默克则是让人在公平的流畅的比赛中忘记他。当今的一切艺术我认为就是这两类路法，科里纳和默克又让我在足球场上醒悟了许多，真感谢这个橙色的夜晚。

六月十一日夜

五

都是海中岛国，澳大利亚人那样高大，日本人却这么瘦小，真是不可思议。球场上时不时人仰马翻，一看，都是日本人。日本的一个球员发型类似鸡冠，头一旦有鸡冠的，那就是象征了好斗。这个民族是生猛的，他们身高不足，但速度极快，像是瞎子的耳朵能捕捉些微动静，硬是先进了一球。那个川口能活，这名字多好，他让日本队几次要死呀又活了过来。但日本人到底还是输了！看着日本的球迷脸上贴着他们的国旗像贴了一张膏药，我们真替他们遗憾。伊朗输了，他们也输了，作为亚洲人我们心里难过。

日本人是不该输的，但却输了，输在了碌碡曳在半坡上，输在了希丁克手上。赛前济科说：我们现在只需要成绩。这是什么话？如果我们说"我们需要钱"，但钱不是需要就有的啊。而希丁克呢，在下半场的下半场，他连换三人，三人都是前锋，这种勇气和果断是一般教练不敢的，尤其是我们的教练不敢，希丁克"人有多大胆，地有多大产"，他有神一样的奇，但看看他在比分落后时的紧张焦急的神情，他又在告诉我们他是人，他的成功是建立在对球场形势的洞察上，建立在丰富的指挥经验上。

167

六月十二日夜

六

很多女性都喜欢意大利队，因为意大利队历来的队员俊朗；很多男性却支持加纳队，因为加纳队是神秘之师，希望能成为黑马。历史的经验告诉说意大利可能踢到最后，加纳的主帅放大话：我们要打到决赛。这就有热闹瞧了！如果说意大利是足坛上的贵族，加纳算是平头百姓，两厢争斗起来，看客如我们的大多数便是既羡慕贵族又盼望平民能这一回把贵族灭了。果然两队是踢得激烈，人似风行，球如流星，每一个队员都是头上下雨。

在文坛上常有这样的事，真正的大作出来了，会写文章的人看了从此觉得自己不会写文章了，不会写文章的人看了从此却觉得他也能写文章了。意大利队就类似这样的作品。历届世界杯上意大利总是温水不烫，加纳队自然要血气方刚，他们一上来也确实踢得好，那像装了弹簧一样的身体不时有杂技动作，但一来二往，来来往往，意大利队的气质和素养使他们踢得游刃有余，加纳队终于显出一点野来。一野就是输不起。黑马是输不起的，黑马之所以不能再黑原因就在这里。

六月十三日午

七

韩国队和多哥队的比赛是一场拼凶，你狠，我比你还狠，如两头蛮羊（不是蛮牛）都瞪着四白眼，然后同时退后，然后同时前冲，然后砰的一声犄角相撞。这样的比赛，场面不流畅，观众也容易生心脑血管病。

实力相当的人百米赛跑只赛一步，韩国队和多哥队就看谁失误，多哥队比韩国队多（也都怪这个多字）了一次失误，韩国队赢了；于是球场看台上成了红色海洋。

韩国那么多球迷去了德国，实在让人惊讶！试想，如果中国队也去参赛，中国的球迷能去多少呢？为了生活富裕才有人去踢球，生活富裕了就去看球，但不远万里去德国，那套一句俗话说，即便有贼心没有贼钱，即便贼心贼钱都有了，还没有贼时间。据报纸上的文章说，中国记者在德国，有一个外国人问：比赛有你们的球队？回答说：没有。那个外国人说：那你们也来干什么？这话就问得没水平了。难道邻居娶媳妇我虽是光棍我也不能去图个热闹不能评说那新娘长得丑美吗？这外国也有傻 × 人。

无论如何，韩国队给亚洲长了脸，今年高考，别的村考上了那么多的一本，咱村考一个大专的也不亏咱操心呀，喝酒，喝酒。

六月十四日早

八

总希望有搅局的，但黑马怎么都是墨染的？那就等乌克兰吧，名字这么诱惑人的。待到乌克兰和西班牙一上场，清秀的聪慧的西班牙如阿庆嫂，乌克兰整个是胡传魁么！瞧那个笨呀，看着就生气，气着气着也笑了。连西班牙队员都在笑，他们换上劳尔后，便开始玩儿了。干任何事情一有了玩儿的心态往往就成了艺术，那就欣赏西班牙人如何过人如何传接的舞蹈了，谁还再管乌克兰呢？

贼一天不偷东西手痒啊，看球的看不到黑马郁闷呀，听说有个爱告状的，这一天起来脸色又不好看，人问：咋了，情绪这么坏的？回答说：告状呀！又问：今日又告谁呀？又回答：还没想出来哩！看客就有些像这种人。

世界杯就是人类的一场游戏，游戏里爆发了人的生命力，也暴露了人的劣性。

但是人性中的善与恶其实都是创造世界的动力，黑马情结显示对格局不满的弱者的心态，所以黑马出产地总不在欧洲而在非洲和亚洲。

现在唯一的黑马就是厄瓜多尔了（虽然他还不是非洲和亚洲的），但愿他像乌鸡一样能黑在骨头里。

六月十五日早

169

九

有些人会享受而不去奋斗，有些人肯奋斗却不会享受，阿根廷人，六月十六日夜，他们太能奋斗也太会享受了，将一个球变成了六个球，把一份快乐分成了六份快乐。

但是，这只是一场四十五分钟的精彩比赛，另外的四十五分钟，对着一个死尸还连续捅刀，已经完全没有看头了。

那就看阿根廷队员的长发吧，多漂亮的长发，像云一样在头顶上飘啊！我们的街头上也不乏这样的长发男人——现在有长舌男也有长发男——但这些长发不是染成了黄色或红色，就是油腻腻的粘成一片。老以为他们是艺术家，一问，十有八九什么都不是。阿根廷人的长发在球场上是胜利的旗帜，那些什么都不是的人的长发让理发店的老板不满也让我们觉得好笑。

再看镜头上数次照出的马拉多纳吧，他挥动双臂，大声呐喊，那嘴大得能塞进个拳头。多性情的一个人！常见那些小有名气的艺人总害怕被人看见，总要戴墨镜，总会在广众前注意抬脚动手，就感到他们的矫情。伟大的人物才是性情的，性情的人才真实而大气。

还看什么呢？那就看电视机前我们自己，各有各的说话，各有各的说话的表情。

六月十六日夜

十

在别的领域，你不行，但可能有人说你行你就行了；在足球场上，众目睽睽，你若不行那肯定就是不行——伊朗便这样倒下了。伊朗对于我们而言，就像一个平庸的人极其望子成龙，但龙到底没成，是条蚯蚓。如果论分量和勇气，伊朗可以是驴和马配出的骡子；如果论技术，伊朗则是把汽车拉进了牲畜配种站，充其量只生产个手扶拖拉机。可怜的伊朗人常常丢球又拼命去抢，那就只能犯规，自个儿已受伤不起了，裁判还要再给张黄牌。

伊朗人在亚洲，那可是硬朗的代表，似乎见谁灭谁，我们也曾极力效仿过那种踢法。伊朗有力量，欧洲列强有力量更有技术呀，就说这葡萄牙，老的如菲戈，那猛得像老虎一样，而他的球传得多好！那少的如 C. 罗纳尔多，白牙绿眼（他真的眼有点发绿），是狼的形象，可他那盘球过人，啧啧，实在是让人眼花缭乱。伊朗遇见葡萄牙，既生瑜何生亮，输得遗憾也输得应该。

伊朗的失败告诉我们：当今世界足坛，好的球队普遍都是技术精到，都少失误，而这仅仅是基本功。这如绘画的造型和笔墨是画家基本功一样，有了基本功才能谈作品的立意格调和境界。如果基本功还不行的时候，看到了别人的新观念，就也讲究起立意格调境界之类，那往往画虎成犬，迷惑不解，便出现如我们的球队那样，一会儿选洋帅一会儿用土帅，一会儿这打法一会儿那打法，以致贩羊时牛价涨了，贩牛时羊又贵了。

六月十七日夜

十一

月有阴晴圆缺，人真的有运气好坏，克罗地亚明明什么都强过日本，但就是赢不了。项羽说：天要灭我，这马也不走么。克罗地亚人比赛结束时还有人抱着球看了一下，他一定在疑惑这球认不得门了！

克罗地亚人运气不好，澳大利亚人运气也不好，几次必进的球也都飞了。巴西人是恐怖的，但六月十八日夜巴西人踢得并不好，如果澳大利亚人将那个必进的球踢进去了，澳大利亚人就不止进一个球。

日本人踢平了，我并不佩服济科，澳大利亚人输了，我仍然奉希丁克为神灵。澳大利亚人从来没有这么厉害过呀，希丁克硬是把它调整成一只雄狮！瞧他的战术布置，瞧他的临场指挥，他的每一出变化没有不生奇效的。换上科威尔是正确的，只可惜科威尔自己中邪，错失了五次将比分扳平的机会。克罗地亚的主教练在场外是那样的滑稽，希丁克却严峻威严，你觉得他浑身的气饱满得要往外冒。球场上有许多伟人，多看看这些伟人，这如同游名山、读奇书一样可以养眼养心。

六月十九日早

十二

肤色对于人并不重要，不就是离太阳近的黑，离冰山近的白嘛。可生存的环境不一样，文化和性情就不一样了，这全在足球场上暴露出来。黄种人有整体观念没有个人意识，黑种人个人意识强烈整体观念淡薄，而白种人既有整体又有个人，当然他们总是胜利。他们的胜利是上帝的胜利。

但是，如果抛开胜负，难道最好看的（真正视觉上的娱乐）还不是白人和黑人的比赛吗？多哥是真正的黑人，瑞士是典型的白人，电视镜头一拉近，哇，一个白得透亮，一个黑得发光！镜头全景式俯拍了，瘦而长腿的黑人就成了蚂蚁，大而壮的白人就是肥虫了！更喜欢的是蚂蚁吧，多可爱的黑蚂蚁，神蚁那么不可思议地跑，那么不可思议地传球，他可以笨得一脚踹空，他又可以在空中横着身子勾球，每每当他们往门里顶的时候，你担心他们把自己的头顶了进去，当他们耸着肩带球，你又觉得他们的头没了，就在脚下。天哪，那是《山海经》里的刑天么！

黑人输是肯定的，所以多哥也就输了，因为多哥组织涣散，都是兽，一群散兽；而瑞士是一台机器。在当今时代，散兽焉能战胜机器？何况谋杀多哥的还有那个裁判，本该给多哥一个点球的，他说不给，也就不给了。

差不多的黑人要离开赛场了，差不多的黄人也要离开，世界杯将失去好多颜色。我们不能不反思自己的不足，当然更寄希望于下一届，而现在呢，却只有哭泣。

六月二十日早

十三

打牌输了，可以说手气臭，踢球赢了却不能说脚气好；德国踢了厄瓜多尔三比零，德国人没有狂喜，连球迷看了一会儿都到过道去喝啤酒了，厄瓜多尔也不沮丧，教练坐得纹丝不动。大家都知道厄瓜多尔半支主力并没出场，他们放弃了争小组第一。其实，德国肯定赢，这不仅是厄瓜多尔放弃，他们有实力，也是天意，试想想，怎么能不让主人赢呢，主人要走得越远，这一场"过事"才可聚住人气而继续热闹呀。厄瓜多尔当然有脑子，在不影响大局的情况下死拼什么呢，他们也希望以后尽量走远些。神有各样的神，神归其位，局长做的是几时当部长的梦，科长只谋处长的位。

世上的事虽然千变万化，其中却有一定的规律，如同你寿多高，官做多大，钱挣多少，都似乎有定数一样，这世界杯就不可能在十六强前重要的球队统统完蛋，也不可能十六强后又全是重要的球队，更不允许一个水平还很烂的亚洲队或非洲队就最后成了冠军。茶壶永远配四个茶杯，没见过四个茶壶供一个茶杯的。

上帝有了一个法则也同样有另一个法则，那就是让我们每一个人知道何时生不知道何时死，那就在死前的头一天也都活得满怀信心，所以任何人都认为自己的母亲是世上最好的女人，都认为自己最重要，都相信"尧舜皆可为，将相本无种"。这样好啊，这样的生命才呈现意义，生活才觉得美好。

上帝把两个法则相互运用，世事既不会大乱也不会一切停滞。

球事太多，看累了就胡想，胡想一通也有意思呢。

六月二十一日早

十四

173

五行变化，相克相生，这世界平衡的道理谁都知道，但每个人到了具体的生活中，偏偏遇到了克的一段（这一段可能是几年几十年），恐怕谁也不高兴了。英格兰是多好的一支强队，聚结了那么多巨星又勃起那么大的野心，但就是又遇上了克他们的瑞典队。柿子和萝卜同在一胃，胃就得吐酸水，难受如挠。这样遇瑞典不赢的比赛，我们自然不会因瑞典人大笑而笑，也不会因英格兰人落泪而落泪，但对世事的无奈却让我们有了一点郁闷，因为我们的生命轨迹中也常常有这样的事情发生。

换一种心境吧，把目光投向场边的球迷，看他们的脸。

脸是人与人区别的标志，也是个体生命的广告。古时候脸上有了烙印，宣告你就是囚徒，戏台上抹一个大红油脸，证明我是个忠臣。没有人不看重自己的脸！（只有抢劫者不要脸，以黑丝袜头套蒙面。）而现在，足球场边好多好多的脸上又画了国旗，国旗是脸，脸是国旗。把国旗画在脸上的风景是任何场合都看不到的，只有在世界杯这样的盛典中，这些迎风不能招展的国旗让我们看到了人类的繁荣和欢乐，也看到了各个国家各个民族的存在和尊严。

第一个把国旗画在脸上的是谁，他是个民族主义者，是个和平主义者，更是一个伟大的天才。

六月二十二日午

十五

当婴儿哭的时候，大人会给婴儿嘴里塞一个奶嘴；上帝创造了足球后，人类就减少了许多恶气。如果足球是个鬼，它是替死鬼。

我们平日里对我们的联赛不满，好像那儿是个疮，流脓不断，没想世界杯上别的国家队也接二连三地出事，原来吃五谷都生病，疟疾来了都发冷呀！人的秉性差不多，我们的足球我们骂，别的国家足球别的国人也在骂吧？骂吧，都骂吧。问题是这几天我们怎么那么热衷谈论某些国家球队的丑闻呢？恐怕一是比赛一场一场看下来我们疲劳了，二是我们爱看人笑话的毛病又犯了，有些人不是总等着领导讲话时念个错别字吗？不是总希望看到美女在街上断了高跟鞋跟吗？足球不是最早在我们国家流行，至今我们的水平不高，但足球在别的国家或许就是受气包，到中国绝对又是倒霉蛋，它承载的东西除了金钱和名誉，还有更多更多。试想想，别的领域里你想怎么说就能怎么说吗？想怎么骂就可以怎么骂吗？你把对教育的，医疗的，治安的不满，甚或生了老婆的气，丢了一个钥匙，天热得没睡好，等等烦恼都往足球这儿骂，足球是我们的一个大痰盂。

那么，没有了这个痰盂呢？

所以，看到国外球队出事不必津津乐道，想想我们的足球也不必骂得不堪入耳。其实我们越骂它，越离不开它。如果全世界的体育里足球是能带来最大的快乐，这种快乐就是怨骂被宣泄后的快乐。

六月二十三日早

十六

十六强出来了，我们有些丧气，姑且认了澳大利亚吧，却怎么瞧着这角色都不像是亚洲人。输家是允许骂人的，也可以发脾气摔酒瓶，但你得承认咱不行（咱个头矮，马拉多纳也不高呀，人家马拉多纳可是天才！没有大体格和大天才的局面那就得忍耐和等待），而至于扑起来要砸电视机，叫嚣再不看比赛了，那就是喝高了。何必呢，看一部电影，与其咱的亲戚朋友在影片中只扮了一个士兵甲，一出场就在乱枪中倒下了，还真不如亲戚朋友不当这个演员的好。

足球能兴盛于欧洲，那肯定带有欧洲自然环境和文化环境的特性，人家吃饭不用筷子而用刀叉，那是人家吃的多是牛肉。当然足球确实是好东西，我们才引进了也喜欢了，但我们再羡慕而把我们的鼻子垫高也不是人家的鼻子呀！如果能参加比赛又能比赛到八强四强当然好，参加不了比赛也可以自己玩么，梅兰芳唱戏满剧场欢呼，农村里过红白喜事请个草台班子来也热闹得很呀。足球离不开民族情结，但足球所带来的快乐却不仅仅属于政治和民

175

族情结，水再流还是流进海里，月落了月仍然在天上。

看外国电影大片还得掏钱，现在多好，哐哐锵，哐哐锵，十六强捉对儿厮杀了，黑脸的红脸的都出来了，我们就喝啤酒的喝啤酒，嗑瓜子的嗑瓜子，看狗能咬人，人能不能也咬狗，看到底是猪黑还是老鸹黑。

六月二十四日午

十七

小组赛进行得太正常了，正常得似乎有些平庸，一条大河怎能不起些波澜呢？果然，十四日夜，两场淘汰赛，虽到底老虎还是老虎，却差一点猴子就称大王了。

都说德国队和瑞典队有一场好斗，但德国队十二分钟就取得了胜利。德国队靠的是年轻气盛，他们有一副好牙齿，逮住了就咬，就嚼，越吃越香，越香越吃得快，满头的淋漓大汗（吃饭能吃出汗的就是胃口好，就是吃好了）。这是男人的吃相。瑞典队或许是老了，或许是太女人气，你倒腾着牙齿嗑豆，数着面条吸溜，当你再吃的时候，盘子里什么都没有了。克林斯曼知道年轻和激情，所以他不断煽哄，每有进球他就跳起来做夸张动作，他这是要给队员看的，他清楚他们的队伍不敢受挫，刚者易折，一记闷棍可能就找不着北了。庆幸的是，瑞典队不是老谋深算者。

而阿根廷队和墨西哥队呢，要命的和不要命的怎么打？你越是不想乱了发型他偏抓了头发把你的头往墙上撞。好的是阿根廷是土命，狗被吊起来没有往口里灌水，而放到地上就又活了。阿根廷人踢进一球赢了，墨西哥踢进两球倒输了，那一球是帮人家踢的，踢进了自己的门。

突然想，足球是什么呀，是一个不爱回家也认不得自己家门的魔鬼？！

六月二十五日午

十八

昨天的黑夜真黑，看了两场糟糕的比赛，一场像是在烂泥塘里撵鸭子，一场更是乡下的妇女打群架。瞧么，光瞧那些脸，多难看的脸！埃里克森像泥一样瘫在那里，目光呆滞。范巴斯滕僵得如根木头，只显得颧高腮陷。斯科拉里的两片嘴都快喊掉啦。苏亚雷斯在瞪谁，眼珠子差点没迸出来。菲戈和鲁尼的五官全挪位了，一个拉得更长，一个缩得更扁。还有那英格兰的门将，球射过来没有抓住球，龇牙咧嘴的倒抱住了厄瓜多尔人的一颗黑脑袋。还有那个荷兰人，球在旁边滚，他却张大鼻翼硬是往人家胯下踢。球场上像是患了高烧病，不是这儿抽筋，就是那儿痉挛，俄罗斯的裁判也是铁青脸，举着电棍打疯子，自己也疯了。

癫狂、惊恐、急躁、慌乱、欺骗、耍赖、使蛮、动粗、迷茫、茫然……这是怎么啦，淘汰赛成了一个魔瓶，人性之劣全出来了?!

冷静了想想，这一定是上帝的安排，在战争和恐怖仍存在的今天，当欢乐的盛典正如火如荼，上帝有意要把足球场变一次哈哈镜，故意把人的弱点放大变形了让人看。当然上帝并不是让人只看到人的恶劣，它要推出的是另一张脸，这就是贝克汉姆的脸！让一张张脸都难看了，只为着推出贝克汉姆的脸！

贝克汉姆是年纪大了，许多声音在嘲笑着他，指责着他，但上帝知道他的价值，他必须上场，必须让他先孤独地在场地一角，然后让他展示精湛的脚法，再然后让他长时间地绽放那一脸漂亮而高贵的笑容。

贝克汉姆拯救了昨天黑夜的比赛，他的笑脸是足球场上的恶中之花。

六月二十六日午

177

十九

最后的二十五秒时进了一个球，意大利队赢了。就这样，一个老妇人要过去了要过去了，又咯的一声，活了。

意大利队是典型的一个病人呀，从没有英英武武，却也从没有消失过，每次世界杯都来了，你怎么非议他不言语，你怎么冷落他不在乎，默雷止谤，转毁为缘，只捂个心口像个妇女，让人替他操心又生一点怜惜。但是，多少个拿电灯的提马灯的都掉到沟里去了，他掌着烛，豆大的焰，在风里从山梁上硬是走远了。

一切事实都在告诉着这样的经验：牙齿一颗颗脱落了，舌头依然软和，火焰因烤炙能避，水则平和而易被淹没，历史上哪个王朝坐上龙廷的是第一个揭竿而起的豪杰呢？意大利队是阴柔派，他以柔克刚，以守为攻，伏低隐忍，他山门上的广告如果有句话，就是：坚硬如水。

这样的风格，却不是想这样就能这样，那是气脉结聚所致，可不是吗，为什么队员就都那么高而瘦，为什么就出了忧郁的巴乔，为什么有了马尔蒂尼又有了格罗索，为什么教练总是老马尔蒂尼和里皮那种老狐狸的模样呢？

你得承认澳大利亚是踢得好，那么强悍，那么扼住了意大利的喉咙，但世事见不得太张狂的，更是天行健也要地势坤，天不灭意大利，澳大利亚有什么脾气？我们只能为生命的奇迹感叹。

六月二十七日午

二十

加纳和巴西比赛没有悬念，向鱼要水鱼给吗？与虎谋皮能谋上吗？看就看一个弱者如何去面对强者，而强者是怎么个强法，为什么就强了？因为现实生活中我们常常要遇上强人，我们也总产生过"取而代之"的念头。

似乎从未听到过巴西队的豪言壮语吧，也从未见过巴西队剑拔弩张严阵以待的庄严劲儿吧，他们是什么就是什么，不嚣张自夸，也不矫情说我不行。他们是车中的奔驰和宝马，从来不装饰，只擦拭干净。

佩雷拉仍然让罗纳尔多上场，他深知天才便信任天才，山岳表面上虽石头脱落，山岳却不会倒塌破碎。也依然用卡福，虽然卡福不是天才而且年老，但浴不必去江海，要的是能去垢，马不必是骐骥，要的是善走。

他们控制了大势，又极力把握细节。加纳什么都做好了，就是细节没做好。门上有针眼大的孔，就能进斗大的风。你辛辛苦苦爬上十层楼来进屋，□□□钥匙拿错了。女人把眼线画好了比用粉把脸擦得再白都显得漂亮，鞋里有□□，刘翔也跑不快。

本来我□□攻势球的，你要攻那我就退□□□□□□□□□，你一旦是鸡蛋我就是石头，你□□铁锤了我□□□□□□□，然后逼着你发急发躁犯错误，你自己绊个跟头就趴□□

以苍茫于简淡中，□□□丽于朴素中，以强硬于温和中。经书上讲："其德刚健而文明，应乎天□时行□□是以元亨。"今日的巴西队也该元亨。

六月二十八日午

二十一

八强出来□□七个都是□面孔，这像村里过事，坐上席的总是那几位老者。

窃喜的当然是乌克兰，以点球而"竖子成名"，即便别人不下眼他，他也不思进取了。倒是德国气冲牛斗，有了野心，披着被子也想上天。至于英格兰、意大利、阿根廷、法国还有那个葡萄牙，都是些老奸巨猾，肯定在使计用谋。不用计谋的只有巴西，好饭量的挑什么食，"执一无失，行微无怠，忠信无倦，而天下自来"么，他气静神闲。

演戏的是疯子，看戏的是傻子。近二十天来最焦虑的我们在休息的这两天可以回顾一下，一回顾却就像装修房子，花了钱又累了人，而花了钱累了人还往往着气，如果花了钱累了人着了气房子能装修得满意也好，偏就不满意。

饭不吃则已，吃了一碗就要吃饱。上帝写的戏谁也不知道结局，那不满意就骂，骂了还得继续往下看。这就是"事不关心，关心者乱；人无下贱，下贱自在"。可再一想，按摩为什么舒服，不就是被敲打了一通吗，一边骂着一边还要看，边看边骂，这就是世界杯的快乐啊。

六月二十九日早

二十二

有这么个笑话：一个小伙盛夏里穿皮袄，旁人说你小子咋穿的皮袄？小伙说：我有皮袄么，咋不穿?！旁人说你这么躁呀。小伙说：我热着能不躁?！世界杯就是给我们了件皮袄，热是热，却是见谁都亲热，热乎着说赛事。

三十多场球连着看，看得黑天昏地，现在暂休，我们倒成了牛，把吞进肚里的草料又回到嘴里反刍。

反刍很舒服也很享受。

那么就回味：足球是最平民吗，为什么像社戏社火一样把全村的人都搅和起来了？足球是最孤傲吗，为什么比分总那么少，进得多了反倒不精彩？足球是最能激增人的能量吗，为什么队员进了球就都兽吼？足球是大艺术吗，为什么场上场下互动狂欢？

还可回味：有的队胜利了你只记得一场胜利，有的队失败了你却永远忘不了其中的英雄。而有人为谋生踢球，有人为爱好踢球，有人可以踢进一个球几个球做个明星，有人却是为足球生就的，他是天才和大师。

还可回味：怎么世界杯期间就可以撒野，可以说疯话，可以制造噪音邻居不干涉，喝多了酒夜不归宿老婆也能允许？

最可以回味的，是多少年多少年之后，你什么都忘了，却得意你是曾经观看过二〇〇六年的世界杯的……

六月三十日早

二十三

德国和阿根廷的比赛，像是两头牛遇在了小胡同里，互不让路，你喷鼻我也喷鼻，你蹄刨地我也蹄刨地，就那么试探着，吓唬着。恐惧是谁也不敢冒险，保守是唯一的选择。然后同时头角相抵，同时四蹄倾蹬，推着进一步，被推着退一步，最后僵持在那里。

僵持如在依靠，没有观赏性。

美人的形象大致一样，丑人才是各种各样的丑。强者之间很多东西是相同的，他们的较量只有办法，使自己的办法使出来，把对方的办法扼制住。

两个进球都是瞬间闪失的结果，一个如牛腹上突然有了一个虻蝇，仅仅抖动了一下肌肉，一个也是后蹄换姿势时稍稍滑了一下。

但他们又都站住了，像撑着的人字架。如果不是以点球分胜负，他们会同时耗尽力气死去，而死尸仍是那么撑着，成为一个雕塑。

点球是让上帝来钦点，这就是宿命。

入水是为着出水，生就是为了死，点球让阿根廷死得并不难看，活着的德国还有他未完成的任务，谁又能保证他将来会好死吗？

七月一日早

二十四

无知无畏，大人小心，这似乎是一个定律。所以比赛越到后程，各队也都保守。英格兰和葡萄牙不可能踢得精彩，人在不能放松的时候，感觉迟钝，别扭而又特累，于是他们只有窝火，只有暴躁。贝克汉姆当然就受伤了，鲁尼当然要吃红牌。当菲戈也跑不动被换下场后，没有了大将，C. 罗纳尔多便跑得如没头苍蝇，那个长胳膊长腿的克劳奇在门前做动作，让人似乎能听见木偶的破裂声。

写文章的人愈写愈惊恐，离过婚的人愈离愈胆小，这是他们清楚自己是怎样走过来的，走到了这一步才知道了人不能胜天。

足球此为天上物，它的另一个名字叫偶然。

具备了体能具备了技术具备了一切的一切，也一定要具备制约偶然的运气。正是这样，球场上才有人祈祷，有人变发型，有人换着另一种颜色的鞋。能指责这是迷信吗？足球场是最大的气功场，它游荡着神灵。

七月一日夜晚，神再一次以点球取舍，英格兰人患上了白内障，而偌大的球门又突然地缩小了，小得球钻不进去……

七月二日午

二十五

这是在演义一场中国的历史：如果足球是小儿皇帝，没有了平民义军的攻城，朝里的权贵必须内讧，但清君侧清到谁也不该是巴西呀，威震一时的首辅宰相就突然地被囚了！

可以用最好的言辞说巴西依然是世界上最好的球队，也可以以最沉痛的心情为巴西离开了世界杯而惋惜，但必须承认在四强争夺战中，他没有法国踢得好，即便就这一场，他确实没踢好。

法国是巴西的克星？或许是，可金能克木，木大木硬了却能卷残刀刃；怎么一而再，再而三地被同一块石头绊倒呢？

法国取胜的功臣自然还是齐达内和亨利，据报载，法国在小组赛踢得并不好，除了慢热的原因外，是齐达内和亨利闹分裂。而战巴西，他们团结了，合作得一个掏出烟一个就点火，那还能战而不胜？！

参天者多独木，称岳者无双峰，这种崛然独立、耸然独处的人适宜于从事个体活动，而足球是群体的事，齐达内和亨利还没达到贝利和马拉多纳，他们闹分裂就是除数。一只手伤背了不能攥成拳，伤掌了也不能攥成拳。他们能在一个队里是他们的幸福，可怜的舍甫琴科不是无奈地离开了吗？

七月三日早

二十六

比赛是一座塔，王之涣说"欲穷千里目，更上一层楼"，但我们越上越眼黏，到了四强争夺战，唉，云遮雾罩得什么也看不明白了。

英格兰是铁豌豆，并不怕葡萄牙的牙，就怕和葡萄牙踢点球，偏偏就又是以点球定胜负；踢点球是别的门将也还罢了，偏又是里卡多，他曾经有过挡住英格兰点球的经历，结果他竟然这次就扑住了三个！巴西是谁都能赢的就是赢不了法兰西，一次赢不了，怎么十多年来都赢不了，惹不起那就躲着吧，偏偏这时候就碰上！难道冤家一定要聚头，怕鬼鬼真的就来了？事情来得蹊跷，事情能把人恼死，看着贝克汉姆在那里哭泣，看着罗纳尔迪尼奥那疑惑的脸，似乎听得他们在说：天哪?!

天真是在起作用。

但天为什么会这样呢？仅我们的认识，阴阳在互补，五行在变化，否极乃泰来，亢龙而有悔，可弱队怎么永远还在弱着，永远有多远呢，强队不继续强了，继续又如何续呢？科学发展到了今天是仍无法解决天的问题吗，我们寄希望于那些举世闻名的科学家，但那么多的科学家却竟然都皈依了宗教。

或许宗教是可以接近天和理解天意，但在并不是人人都信教的今天，足球这个人类的玩具，仅仅是脚下的玩具，便也呈现着许多神秘而来启示我们。

七月四日午

二十七

我们只关心着半决赛二选一，至于选了谁并不重要；邻家的姑娘订婚，没人把我们叫岳父的。我们只琢磨：谈了那么多朋友，怎么就选中了这小子？

对于意大利队，喜欢的人就喜欢得喊它"万岁"，不喜欢的就不喜欢得骂它是"堕落"，这全然是对足球的观念差异。其实足球和别的球类最大的不同是，它不仅仅是技，而有道，虽然技和道是连在一起的，但《易经》毕竟是哲学，它可以算卦，却不是卦签。看球的习惯带倾向看球，这如吃饭有味觉，若没味觉谁肯去做咬嚼吐咽消化排泄的辛苦工作呢？所以如果以球论球，那是教练和球员的事，而教练和球员也只是舞台上的剧的材料，我们要看的是剧情。既然世上有阴阳，可以说，足球一产生，自然要有像意大利这样的队。意大利队不可能永远得势，但意大利队肯定有得势的时候，阳盛阴衰或阴盛阳衰虽有侧重，但阴阳大体总得平衡吧。

创新并不一定就好，保守也不只是贬义词。纵观当今足坛，不能不思考另一个问题：太极图中那双鱼就那么黑白分明吗？是不是最分明处又是最模糊呢？能不能融合呢？好像要融合的早已有之，中国戏剧里让男扮女装，素食店里拿豆腐做鸡猪鸭鱼，可男扮女装比女的还女，以豆腐做鸡猪鸭鱼素得没了素味。好像这样不行，不行是质未改变。报上说阴阳一体的人能量大，声音好的杰克逊是不是二刈子没有证据；但我们见过骡子，那是马和驴的后代，体格健壮最能驮运。当荷兰队还在强举着那面曾经赢得欢呼的旗子时，法国队默默地改造着他们的防线，意大利也在锻造着他们的锋刀，他们都不仅仅是阵形上改变，而从本质上化合，所以他们胜利得自然而然。

当我们喝茶还在争论龙井好还是铁观音好，老僧已经在喝茶中悟出禅，而去大殿了。

七月五日早

二十八

又是一个不眠之夜，但这一夜让我们充满了喜悦。法国和葡萄牙的比赛踢得紧张而流畅，激烈而又文明。所有的人，包括巨星也包括那些我们还不熟悉的球员，他们没有让我们不满，而绝妙的配合，匪夷所思的传球动作，一次一次让我们惊艳。当结束的哨音响起，哎呀，双方的球员在拥抱，在窃窃私语，在交换球衣，刚才还是雄狮猛虎，现在竟"双兔傍地走，安能辨我是雄雌"了！

没有人说这是一场假球吧？但肯定有人不解：怎么胜者不欢呼呢，败者不哭泣呢？那样的场面我们曾经见过，甚至我们也曾为那些哭泣者而感动。但这一夜没有。苏东坡是伟大的，他在政治上和王安石争斗了一生，却一生与王安石为友。所以胡兰成不满意林语堂的《苏东坡传》，说苏东坡不恨王安石，而《苏东坡传》里林语堂倒替苏东坡恨王安石了。在这场比赛中，双方的队员都是职业球员，虽然世界杯上他们为各自的祖国踢球，但他们更是为人类踢球，他们在展示着国家球队的实力，也在展示着人的素质和风范。

当我们为一次胜利而欢喜若狂，为一次失败而痛不欲生，输不起也赢不起，那是我们弱小。当我们看到一些球员有了高难动作便指责：什么时候了还玩火？！这是我们燕雀不知鸿鹄。好鸟能高空飞，好鸟更会贴着水面飞。呈现出一往无前的气概是足球的境界，而在激烈中呈现和谐更是足球的境界。足球是胜利和失败的永恒。因此这样的比赛我们就淡忘了胜利和失败，只记着了那些双方的精英。历史就是这样，一切王朝转换都过去了，光辉的就是那些人物。

七月六日早

二十九

球场和剧场不一样，剧场里导演不露面让演员表演，球场里球员在表现的时候，教练在场边表演。

斯科拉里年轻时肯定很横，老了也一身邪气。他始终在咆哮，静下来也是嘟囔。他嘴唇很薄。他是挑着大粪过闹市，人人都烦他，但都得让路。

克林斯曼像富家子弟，但不是恶少，他有三国周瑜之才，但得意而忘乎

185

所以，只能如项羽"沐猴而冠"。范巴斯滕就本分着，可又尽量地老成，极力庄严，但两次镜头泄露了他的稚嫩，一是换人时他俯身征询助手意见，一是球队陷入颓势，他僵硬如木，顿时憔悴。克林斯曼可以做很好的摇滚乐手，范巴斯滕做领导绝对大权旁落，他不会怒，不怒更没有威。

希丁克是二战的巴顿再世。此人胆大包天，如果是鱼，是条鲨鱼；如果从政，当不了副手。

最典型的老狐狸是里皮和埃里克森，他们从不张扬，站不直，坐不端，低眉垂眼，可怜兮兮，但他们常常把你卖了你还帮他们数钱。

佩雷拉似乎总在笑，怎么笑也像个挨冻的洋芋，吉马良斯老在惊恐地张望，像出了窝的兔子。

那个多梅内克呢？一头白发显示不了沧桑，坐着不动也称不上沉稳。自己的球员进球了人人都在欢呼，他似乎也激动地做了个动作，但是小动作有些羞涩和不好意思。

能当教练都不是平地卧的角色。逮猪娃看母猪，有什么样的教练就有什么样的球队。但是大相者常常出格，岳飞的书法一看就是将军写的，但左宗棠的书法却温润敦厚；张大千的形象绝对是个大画家，而十个人见了大画家吴冠中九个人以为他是老农。

足球场上我们欢呼的是那些天才的球星，足球史上铭记的仍有伟大的教练。

七月七日早

三十

比赛到了现在，如果说最不甘心的是希丁克，最郁闷的是卡恩，最遗憾的是罗纳尔迪尼奥，那齐达内和C.罗却最引人注目。

所有的人都在歌颂齐达内了，他也确实伟大，但齐达内的铁青脸成了庄严的代名词，秃头也象征了智慧，让我们就觉得有趣。当年文学界热《百年孤独》，文人们读过的说好，没读过的也说好，读懂了的说好，没读懂的也说好；似乎不说好你就不文学，落后了，没水平。齐达内成了神，世界杯需要这样的神，神就供在庙里，大家一起磕头。而 C.罗呢，这小子，什么时候倒成了争议人物？嗨，谁还管他什么时候因什么事受争议呢，反正他的名字已经等同于争议，人们就睁大眼睛看他的一举一动，等待着他的不是，然后放大了开始争议。比如他脚法华丽，这可以是玩弄技巧呀，他被绊倒了，虽然被绊得不太严重，但摔倒就是假摔呀，他进了球吼叫，这多狂傲呀。已经有了正面形象的齐达内，当然需要一个反面形象的 C.罗。气球的命是被吹的，越吹会飞得越高，核桃的命是被砸的，砸开了仁儿才能吃上。世事真是有意思，山顶上的长松威风高高翔过，幽谷里的漆树人们采集着漆膏而千刀万刀地割下伤痕。

七月八日早

三十一

如果冠亚军比赛是战争缩影，三四名比赛就是艺术演出。

七月八日夜，教练虽然还不安静，但脸上肌肉已经活泛。裁判的哨音在减少。球员也改变了凶相。而比赛呢，正位居体，畅于四肢，认得家的球它变着花样往门里进，不愿回家的球耍着花招要溜走，中场是千条线，万条线，球门前是乱了一团黑点。

足球的起源不就是人的一种玩吗？吃饱了饭，没事干，聚在一起玩着出上一身汗，郁闷的就不郁闷了，疲劳的就不疲劳了，松了筋骨，胃也开张。因为玩得从容，艺术也于是在从容中产生。但是，不知什么时候足球就有了意义，意义越来越重，足球就成了政治和利益，足球的可玩性就减弱了。

往日球场上的观众不是挥拳呐喊就是痛哭流涕，空气都是燥的，划根火柴可能就引起爆炸，这一夜球场人浪起伏，却像风吹过六月的麦田，洋溢的是清新的香气。

我们已经习惯也极力追求人在地上行走的时候精神要去天空飞翔，但哪知在极力强调和追求的时候，我们行走的脚步却沉重得难以抬起。烦闷的生活使全世界的人都需要四年来一次杯赛而放松，可举办上一次世界杯又使多少球队多少球迷更有了四年的无法解脱的重负。

三四名比赛人人都认为最精彩，人人都认为它无关痛痒。

七月九日早

三十二

冠军产生了。也就是说，比赛比得只剩下了一个队。

看着大力神杯被意大利人高高捧起，世界杯结束了。这就结束了？折腾了一个月就为了这么个结束吗?！面对着关掉的电视（我们面对的世界杯一直是电视），半夜里正倾盆大雨，风声雨声里更是一个巨大的寂静。

三十二支球队集中在德国，大力神杯就如同了一只兔子，兔子在前边跑，他们在后边追，不是一只兔子可以分成三十二只，只因三十二支球队名分未定。

而我们是山上砍樵的、挖药的，看见了松下有博弈者就去观棋，我们是不请自去的，是自作多情的，又多言多语自以为是。但棋下毕了，下棋的夹着棋盘走了，我们说一句：不下了?！若有所失。

世界杯虽是人类的盛典，却如同做父母的在星期天里等候儿女们回来一样，儿女们回来了，吃了喝了玩了又走了，剩下老两口和一水池子要刷的碗筷。但父母喜欢儿女们回来，他们图的是热闹的过程。

大力神杯这四年将放在意大利，四年后又不知会去谁家？人民币在我们中间流通，流通中便衍生了人间的喜怒哀乐，它经过每一个人都有一个故事。

日子太整齐也太沉闷，日子里才有了节日，就像房子里安着门和窗，世界杯是大节日，相当于一面落地窗。当然了，世界杯对于我们还是山头上的白云，爬上山头云却还远，是潭中的月，拨开了水面月却更深，但没有云就没有了天，没有月夜太漆黑，我们经历了这一届世界杯，那就又得盼望着下一届了。

七月十日午

空 白

（诗集）

问

　　妈妈，你说树上的苹果红的那边是太阳晒的。那胡萝卜在地里长着，为什么也是红的？

　　妈妈，你说公鸡叫了天就亮了。那叫鸣的公鸡已经死了，为什么天也亮了？

　　妈妈，你说我不应该这样提问题，因为做妈妈的是不会错的。那我也是不会错的了，因为我将来也是要做妈妈的呢。

　　　　　　　　　　　　　　　　　　　　　　　一九七九年秋

题三中全会以前

在中国
每一个人遇着
都在问：
"吃了？"

分手给 ××

地没有一朵云舒展在天空

水便万斛流出纹漪而自生

草没有一颗星灿烂出光明

花便五彩六色一起在显容

鱼没有一根羽翩翩而临风

鳞便片片银光在激浪穿行

我没有一架琴可以弹出歌声

诗却在笔下奔涌翻腾：

我不希望天上的月亮在满盈

我不希望神话一代一代传诵

我不希望田野里放起了风筝

我不希望夜里做着迷离的梦

我不希望荒塬上去捉一只流萤

我不希望一盏灯还亮在三更

但愿我的诗不要把你打动

但愿我不要成为你的英雄

但愿喜剧从此在舞台上绝种

我不是疯子演员你不是傻子观众

一九八〇年春

告　别

——题 ×× 与 ××

告别是子夜
子夜过去是明天
告别是酸
酸是过多的甜
告别了回过头来
回头就是岸
告别了再也不见面
友谊更长远
告别了就死去吧
死了才令人怀念

致陕北黄土高原

看见你，陕北黄土高原！我想起了我弯了腰的老父和我瘪了嘴的老母！

你太疲劳了，浑身是生活艰辛的痕迹，弯弯曲曲的纵横交错的大的川壑和小的沟谷，

全是被雨水冲刷下来的！虽然你一直还在缺着水，满山峁可怜地仅长着的油桐，枝条像手掌一样向天空求呼。

你把坚强勇敢给了陕北的汉子，把精灵秀气给了陕北的女子，

所以你没有峻峭峥嵘的悬岩、峡石，没有白杨、垂柳和花红叶绿的桃杏，

一个赤裸裸的形象！脚下是飞扬的黄土，头上是开垦了的黄土，裂开的沟壑，内脏里也只是黄土、黄土、黄土！

瘀血在你的体内，变成了一块块黑色的炭，大小河沟里流淌的不是水了，是你的汗，又咸又涩又苦，

陕北的黄土高原啊，我弯了腰的老父和瘪了嘴的老母！

你贡献的太多了，你卧下了，静静地喘息，默默地思索，让头上飘起白云，让小路在身上织出记忆中的直和弧，

但并没有死去！也没有糊涂！留给自己的是一张多皱纹的脸和一颗成熟的头脑，再也不被浮华迷惑，再也不被风向左右，高高站在中国的北方，注视着自己的河流奔涌到海的入口。

197

一九八一年九月一日

北 上（之一）

爱人在家里，

我出门向北远行；

把心留下，

背着她的叮咛。

走得越远，

觉得离她越近。

越是想她，

越记不清她的面容。

北方的夜很冷，

月亮是她的眼睛。

一只大雁从目前飞过，

那是瞳仁中我的身影。

起风了，

满山的叶子都在激动；

收下几片她的书信，

默默记下这早起的黎明。

背着她的叮咛，

我一直向北远行。

我知道只有向前走，
才能与她重逢。

写于一九八一年秋

高塬上的一只斑鸠告别着一株垂柳

你站在高塬

送着我走

千万条头发乱了

织着你的忧愁

你送着我走

腰已经弯扭

一个 S 形的模样

怎能不让我徘徊啁啾？

我是失散的孤鸟

是你把我收留

那小小的一个窠儿

养息了我的春秋

我疲劳得皱了一身羽毛

你把月夜夜揽在怀里让我理梳

我的心似高塬一样干涸

你把天下的绿集中在枝头

每一片叶子

是你脉脉的眼睛

垂长的秀枝

把我的歌声撩逗

你送着我走

却总是这般忧愁？

我再也不会折了翅膀

因为我已经成熟

我要去云天歌唱

请你把明月看守

镜子里永远有一株高塬垂柳

垂柳上年年会飞来一只斑鸠

一九八二年五月二十一日

天 · 地

——静夜给 A

一

有多少水
你就有多少柔情
有多少云
我就有多少心绪
　水升腾成云
　云降落为水
咱们永远不能相会

二

天黑了
日子多寂寞
月亮是我们的眼
我看着你
你看着我

夜夜把相思的露珠淌着

三

爱使我们有了距离
距离使我们爱得永久

一九八三年春

一个老女人的故事

同辈人全死了
她还活着
坐在那一片墓地里
她是死者的墓碑
村子里人都年轻
常常为一颗鸡蛋翻脸：
"谁偷了羞谁的先人！"
他们羞的是她
墓地上有几只昏鸦
飞来了又飞去
她久久地看一群蚂蚁
为着一个死苍蝇厮杀
年轻时她曾是一个美人儿
两个男人为了她动了刀子
一个被另一个捅死
另一个挨了公家的子弹
村里人都在挖布告上的红印
说是可以避邪
她也挖了一个

走到哪里人还是唾她"扫帚星"！

谁也不来娶她

夜里却有人摸到她的炕上

一更天的炕下有皮鞋、胶鞋、草鞋

鸡叫三遍了独独剩一双绣花的

队长用鞭子把她赶出村子

高地上从此有了一间小屋

黑夜小窗亮着

像一只淌血的眼睛

她渐渐地老了

老得嘴里剩下一颗牙

她种了许多牡丹

悄悄地看着花开了花再谢去

同辈人都有了门楼，八仙桌，儿孙

她只有花

花根在地里结成了网

捶布石下也冒了一朵

秋天里远山修一条公路

年轻人都到工地去了

雨哗哗地下了三天三夜

天亮时河水淹没了村子

同辈人在水里挣扎

头上肩上手上全不丢包袱

包袱是他们血汗的储存

储存将他们淹死在水里

村子重新修造在高地

后辈人诅咒着那一场水灾

她常常想着同辈人

想到他们的好处

她还活着
活着和死了一样
死了的不再想到活着的人
她却看得清阳间和阴间
她讲起村子里的事
活人和死人混在一起：
"昨夜里你爹坐在这里和我拉话……"
死人的儿子听了也毛骨悚然
她真的阴差阳错了
神鬼和人物不能分开
总是把梦当现实来讲
弄不清是白日呢还是黑夜
后辈人全骂她老糊涂了
没有一个愿意和她说话
门前的花开得灼灼的
她丑陋地坐在里边
天天盼望着牡丹开
总奇怪花里有这么多颜色
花开了她又很懊丧
恨花儿释放了牡丹的天香
小屋矮矮地像一只蛤蟆
一颗星星木木地照着
她变得孤僻古怪
一大晌对着花独说独念
村里人忙着去挣钱
钱使人腰杆儿粗了
钱使人眼窝儿浅了
谁也看不到她
她开始把花移在路边

花根护住了路堰

她把花栽在山上

夜里风把香送到村里

花的好处见得多了

好处也就没有了

谁也说不准花的瓣数、颜色和节令

却清楚每一张纸币

这一年冬天很冷

石头像烙铁一样烫手

村里人总觉得他们贫乏

贫乏到一种自大

她已经病得很久

还要到远远的镇上去卖花籽

雪塬上没有一声鸟叫

看上去雪白得发红

一包一包花籽揣在怀里

回来的路上走得越发艰难

觉得是梦吧

梦里人走路腿就拉不开

后来就倒在雪窝里

眼睛里有两颗寒冷的星星

她用手脚爬着往回走

雪地里犁开了一道沟

这个夜里好多人都在喝酒

喝醉了扬着钱骂孩子和婆娘

天亮时有人到村口挑水

路畔上隆起一个雪堆

雪堆里僵硬了她的尸体

雪全化了水

水又结了冰

她封在冰里是一具"化石"

她终于死了

死得如她活着一样

小屋的椽被人抽去搭了牛棚

四堵墙推倒是一个坟墓

第二年的春天

河畔的羊角葱先绿了

塬上出现了奇观：

一道百花带一直开到村口

村里人怀疑这是她的阴魂

纷纷说是不祥之物

有人在她的坟上下了桃木楔

动手挖那些花丛

一位老中医路过村里

说这花根是丹皮

丹皮是贵重的药材

一斤可以卖许多钱

村人动手挖所有的牡丹

果然卖得好价

花被挖得一棵也没有了

村口的大路也坍了一半

谁也没有给她过周年

唢呐也懒得吹一吹

丹皮的钱花完了

才突然说："哦，咱那个先人……"

从此这个村成了专业村

专门种花卖丹皮

山坡上有了一片一片花地

地畔上栽了高高的界石

花长得很慢

慢得叫人眼里都出了血

有人开始向她祈祷

挖了坟上的土撒在花根

后来就有了传说：

她坟上的土可以使牡丹繁衍

于是人人都去坟上抓土

坟堆便被抓平了

过去了一年

又过去了一年

她死了好像又还活着

她真的属于阴间和阳间

她的坟年年被堆起来

堆起了年年再被抓平

发财的是村里每一个人

每一个人是她的墓碑

一九八五年秋

太白山

——劝 ×× 君

到太白山上赏雪

雪的颜色是红的

到太白山上看太阳

太阳能把你冻死

太白山站得太高了

就不长花草也不落飞鸟

太白山是神仙的地方

永远不冒出炊烟

宁愿到鬼窟里去

也不上太白山

一九八三年冬

送友人李 ×× 出任周至县

当你感觉到身体的某一部分存在的时候
这一部分就病了
当你一个人在山谷里行走唱起歌子的时候
心里就惶恐透了
当你知道了一个熟人的好处的时候
他一定是死了
生病的人不痛苦最痛苦的是病人的亲属
有知的人最有畏无畏的人什么也不用知道
伟大的作品不是写作时就感到了伟大
百米赛跑的不是百米而是一步之遥
到田野去，到田野去
看炊烟在疯长
看北风在迅跑
种下核桃树结不了酸枣
种下酸枣树结不了核桃
种麦子去啊
来年收获麦子
当然也收获麦草

一九八四年夏

无　题（之一）

云在山岭

我登上山岭

云却离我更远了一座山岭

月在水面

我拨开水面

月却离我更深了一层意境

熙熙的夜市上

过来的是一群姑娘

过去的是一群姑娘

哪一位是你的身影？

春风里是一口口你的亲吻

空气里是一缕缕你的温情

我盯着天上的星星

第一遍数清的是三百五十颗

第二遍数清的是四百整

一遍与一遍不同……

北　上（之二）

离开妻子

我穿过沙漠北上

一片空白

没有绿的迹象

月亮冷冷地照着

沙海再不落涨

因为你不在吗

一切都僵死了一样

背着一把琴

我不知怎么歌唱

乐谱上没有一个音符了

线条起伏着是无数的沙梁

呵，今夜儿你怎么入睡

月光已经爬上你的门窗

那个海子是你梦幻中的镜子

我轻轻走近去将你观望

天上星星你陪坐的灯光

沙漠的风一声声这么嚣响

赶明日我燃起一柱端端的炊烟

那是你窗前的一株入天的白杨
你不要孤单啊，也不要忧伤
你的忧伤会添我无限彷徨
你应该自豪，为我祈祷
你的丈夫正穿过沙漠北上

啊，亚克利兰

雪地里

你穿一件红衫

天地也温暖

雪太白了

什么也看不见

光染了一片

我怀疑

是我看得眼里出血

你才那么红吗？

但愿你是颗太阳

天天在雪线上分娩

我就天天来看

看你

你的瞳仁里就有我

一个小人儿的底版

你这块红布

我已经是头斗牛

实在忍受不堪

只要你说：冻死去！

我就做一块冰

死了把透明心敞袒

你即使骂我是苍蝇

苍蝇就苍蝇吧

讨厌却勇敢

或许你是在悄悄幽会

等待着另一个人

根本与我无缘?

或许你那一笑

并不是为我

是高兴了我身后的雪杉

但我已经够了

眼睛湿润

心也圆满

被别人爱是幸福的

爱别人也幸福

而且这幸福更长远

请允许我叫你是亚克利兰

这名字有外民族的味儿

遥远而浪漫

啊，亚克利兰

亚克利兰

亚——克——利——兰!

一九八五年春

七月十二日过榆林沙漠

太阳的火在西边灭了

天上是一片灰白

地上也是一片灰白

仇恨留给了这里

一切生物都长出了尖刺

枯黑的篱笆插一个圆圈

"浮丘"是一副默默的棺具

死去的人永远死去了

活着的是一株精瘦的沙柳树

树枝长出一尺

根根就长出三尺

沙丘上立着一个牧羊人

长长地吹起了羌笛

一九八五年秋

鱼化石

在米脂县博物馆内，存放着一块有四十五条鱼的化石。鱼悠然自乐各具神态……

四十五条鱼在一个石头里游动

它们是自由死的

死了

才保持了上千年的自由

石头陈列在博物馆

这就是一块历史

参观者经过了这里

想到了水

一只猫跑进来

想到了腥味

我的父亲

我的父亲

二十岁时是老师

六十岁了还是老师

他这个老师真老

记忆中他就梳个背头

脸上总不笑

冬夏穿着中山服

走路驼着腰

书本本，本本书

书本是他的嗜好

面片片，片片面

面片一天三顿离不了

他有三副眼镜

他就有四双眼

能看出作业本上每一个错字

也看透了每一个学生的心窍

学生有学生的标准

看他最高

什么事都要说一句：

"这是我老师的教导……"

但父亲除了教书

永远不会社交

就是去托人办事

拿着烟也不知道怎么递着好

"文革"中他受到批判

低着头听批判者的宣告

父亲却还做着更正：

"不念'逃之夭夭'念'夭夭'"

甚至为纠正检讨上一个别字

连夜还去汇报

说：打倒可以打倒

知识上不能潦草

四十年里

他一直在教小学

第一堂课永远是"开学了！"

每天早上都说：同学们好！

教出的学生远在天涯海角

他却连山外也不知道

学生的地位越大

他的身份越小

四十二年前他有一个同学

这同学成绩最糟

但这同学打游击去了

现在是一位很大的领导

领导常常到学校来

来了就作报告

第一张纸上念了个："为人师——"

半天了揭到第二页才念出个"表"

开会父亲坐得最低

领导坐得最高

楼房住得最高的是父亲

住在低层的是领导

学生开展理想教育

有讲将来做工的做商的或者当一位教师

领导的孙子说：

我什么也不当，我当管你们的领导

父亲第一次哭了

说他责任没有尽到

连夜去访领导一家

领导的夫人却哈哈大笑

父亲回来对我大发脾气

连家里的猫也踢了一脚

从此他不准领导用小车接他的孙子

绝不允许任何学生迟到

为了提高学生的书法课

他要求家长都写一份字稿

硬逼着领导也写了一幅

白纸上画着一个"○"和一个"√"号

父亲苦笑了

但毕竟调遣了这位领导

这位孙子从此不怕了爷爷

最怕老师

学生成才了

这就是父亲最大的骄傲

教了孩子的父亲再教父亲的儿子

方圆十几里的孩子父亲都教过

知识使他崇高

知识使他渺小
他的伟大是他谁也离不了
但谁也不觉得他的重要

一九八五年冬

老　人

黑黑的房子里

一盆炭火

整个冬夜在守着

睡着好像醒了

醒了眼睛却在闭合

光照亮着前半身

像刷金粉的泥模

后半身照在墙上

样子像是妖魔

炭撬起来

炭又拨乱去

就这么工作

无言并不是寂寞

回忆是一种思索

冬夜里火是个伴

伴他一冬的是火

一九八五年冬

初 恋

你像蛇一样

眼里有着毒气

我就是青蛙

一遇见你的眼睛就走不动了

是惊吓是惶恐是迷惑是糊涂

我也说不清这是为什么

不由自主地发软发酥

我知道向你走去你会毒死我的

我还是趋你的目光走去

心里还要说

我要死了

我美死了

当我一个人待在房里

我就轻叫着你的名字

叫得声都变了形

这叫声世界上谁也不会知道

却总是想

你那阵是不是就打一个惊怵儿?

我听说人体有一种心电感应

惊怵儿打得多了

你会不会有关于我的记忆？

夜里也常常梦见你

梦醒来我就发迷发痴

这梦境是我前世的历史呢

还是下一世生活发出的暗示？

第二天我再不去见你

做什么事也都灰心懒意

见了你我总说："路过这里……"

似乎一切都是无目无的

问一句："你昨晚有什么兆征吗？"

你摇摇头

我脸就红了

心里却对你的话表示怀疑

偶尔间我会听见你的声音

每一个字音都听得清清楚楚

但离开你你的面容就模糊迷离

我曾检点过我是不是真心爱你？

却至今你的肖像我默画不出

只记得你的鼻子又小又直

耳垂下有一颗小痣

却说不准痣的深浅色泽

走到任何地方忘不了的是你的一双脚

它立于台阶边桌布下草甸里

你是有一双红布鞋的

你也是有一双白凉鞋的

鞋面早晚都那么干净

我一见你就羞下头看到这一切

你就是任何时候悄悄来到我的跟前

我立即就知道谁站在我的身后
不用眼睛不用耳朵也不用鼻子
我相信我的感觉
当别人围着你说话的时候
我装着傻傻的就待在一个角落
我嫉恨死了这些男人
但你却笑容满面地同他们说话
我就心里骂起你糊涂
据说你们女人喜欢人都爱着你们
但我可以说
这些人爱你全是为了尽快扒掉你的衣裤
女人的善心是天地间的大美
善心却常常使女人坠入苦渊深处
我多么盼望这一会儿来一场地震
那你就会看见
跑掉的是那些涎脸的男人
站在你身边的是我
三年五年了
我一直悄悄爱你
可我不敢说
每一次见你前我就下定决心
见了面却没了自信
我盼望着我们在一起
在一起了我却一句话也说不出
要说的全是社会新闻
那一次竟问道："你见过老虎吗……"
我怕我当面说破了
你会不会同意?
不同意从此骂我卑鄙

那我将失去你永久的情谊

写信吧我可以写出美丽的言辞

写好了却总是不敢寄去

你是不是也有这般灵犀

总是怨我没有男子汉的勇气？

这些我全不知道啊

我只是思前想后犹犹豫豫

我企望有一日你给我个明确表示

那我立即会比你一百倍地表明心迹

或许你从来没有那个心思

那我就永远保守心中的秘密

即就是你做了他人的妻子有了儿女

从少妇到中年再到老年

我永远爱着你直至死去

我自信我能爱你这是一种缘分

单相思这是我活人的权利

这种爱或许别人会说是虚妄痛苦

但我的死是爱死的

这一生里就有大乐大趣

我自己体会得最深刻幽睿

一九八五年十二月二十四日

深山见闻

山崖上开一丛桃花
红得热热闹闹
所有的男人经过崖下
就想着桃
桃肉被男人们吃了
桃核就作了口哨
天天在一家门前吹
吹得那家女子害了痨

过马嵬坡杨玉环墓致E信

一个胖女子
被勒死在马嵬
荒野中一座土坟
隆起了所有帝王的羞愧
从此牡丹再不开在宫闱
有牡丹的地方就有荆棘护围

野　游

麝是獐的肚脐眼

香气传着爱之信物

花是草的生殖器

蜜蜂作着情之结合

寺是世的幽静处

钟声熨着生之平和

野游到深山

石头里藏了寂寞

锁

城市里人最多
多一百个人也不见多
家家门上都有锁
锁了君子
深山里人最少
少一个人就分外少
门都是树枝编的
拴门的是一个竹棍
深山里没有铁锁
城市里没有秤锤

希 望

把擀杖插在土里
希望开出红花
把石子丢在水里
希望长条尾巴
把纸放在枕头下
希望梦印成图画
把邮票贴在心上
希望寄给远方的她

致关中平原

从潼关到宝鸡八百里秦川八百里通途

黄河并没有在这里拉下深谷而使黄土越积越厚

十三座帝王坟陵是十三颗固定地层的铁铆吗

一轮太阳一轮月亮交织着白天和黑夜来往反复

于是老牛木犁疙瘩绳犁开任何地方的任何一寸湿土

都会翻出石斧、青铜器、秦砖汉瓦和唐代的残碑宋朝的丝绸

于是网络状的大道小路上驶过的牛车上载着婚嫁的新娘或下葬的灵柩

唢呐扩大了口把人生的喜怒悲乐用秦腔大喊大吼

于是朝朝暮暮地气蒸腾蔚为壮观如龙如虎如雾如露

于是苜蓿花遍地紫红冲天而起的是一簇簇杨槐榆柳

关中平原关中平原中华最中心的后土啊

地下的宝藏是向全世界展出了最丰饶的橱窗

我们是高高站足着我们一代一代先祖的头颅

关中平原有着世上最辣的辣子最高亢的秦腔最浓烈的西凤酒

但这一切却使我们趋于沉迷归于稳静和保守

关中平原有足够的面积可以使每一家一户将房子院落建筑

但这一切却使我们感到空旷恐惧将身心困在一个有限的一隅

博物馆里展出的昭陵六骏形象是志在千里的远征的等候

而现在则津津乐道的是犁沟畔的秦川牛肥大笨拙负重忍辱

233

关中平原关中平原关中平原关中平原

现在是需要无数的大雁塔小雁塔林立起雄性的崇拜

现在是需要遍地牡丹、月季、玫瑰展现生殖系统把顽强的生命传授

新复修完整的西安古城墙应该是全世界的堡垒

地下地上的威武应该是全人类历史奇迹的纪录到那时太阳旋转在华山巅
　　上是一个惊骇的叹号

上弦月和下弦月组成一个括号在天幕上演算这时空的度数

万里黄河已经在这里聚起了天下唯一的摄魂夺魄的壶口

它在容纳它在喷吐它在酝酿它在等候它在呐喊它在乞求

黄河——我的父亲！关中平原——我的母亲的灶头！

快给我骨骼快给我血肉快给我生命快给我成熟

关中平原关中平原我中华民族的皇天后土啊

一九八六年一月

洛阳龙门佛窟杂感

之一

人用一双手凿刻
顽石变成了佛尊
大到几十丈
小到二三寸
人每天都来
给佛烧香拜礼
烧香者给烧香者烧香
拜礼者给拜礼者拜礼
佛是人
人管人
对死亡的崇拜
这就是龙门

之二

佛窟中有一"火烧洞",佛尊无头首,民间传说是天雷所击。

佛是无量的

佛出犯罪

天雷把头首击毁

一个残缺的佛身

佛的罪行是什么

这或许是一场人为

善恶依附

好坏均匀

这就是佛界

这就是社会

之三

看佛的看看佛的

被看的看看的

佛的眼睛也不闭合

看着看着的眼睛

各自都明白

相对便神秘

一九八六年三月

二　月

二月天

暖和和的春多好

菜花黄了

羊角葱绿了

蚯蚓慢慢拱出土

苍蝇也嗡嗡地叫

在阳坡里

我解开黑色的棉袄

看田野上浮动的热气

四肢发困

睡一会儿觉吧

脸上盖上圆圆的草帽

身子差不多死了

活着的是大脑

我听见了一只蜜蜂薄翼在颤

水塘里破裂了一个水泡

还有一棵小草

叭叭地扭动着纤细的腰

倏忽间到了一个地方

到处生长着一种花

绸子般的柔软

蓝莹莹的

衬得天、地、太阳也变了色调

我高兴得像风一样在其中欢跑

兰花的尽头是一座黑山

奇怪得像卧着一头牛

牛头处涌出一道瀑布

轻亮又如白纱在飘

一弓飞虹更是那样美妙

我突然觉得这地方曾经来过

一切似乎我全知道

但这是什么地方

我什么时候来过

无法回忆和解释

自己也为自己的想法可笑

一阵雷声把我惊醒

睁开眼帽子滑落在草里

身边站着我的小狗

"阿小!"我亲切叫着它

我的阿小在唤我回去

提醒我天要下雨了

阿小是我失恋的女友

那时我们都是翩翩的少男少女

和她在一起我就身心欢活

可我没有对她说:"我将来娶你做老婆!"

我相信这意思她能感觉到

用不着把话明挑

但阿小却离我远远地去了

嫁给了一个白脸男人
又富有个头又高
陪着我的只有这只小狗
小狗从此就是我的阿小
阿小是我的幸福和苦恼
村里人老以我为笑料
议论纷纷说我曾与阿小如何结交
我真懊丧
我连阿小的手也没有拉过呀
虽然我会看手相
所有的姑娘手都接触了
为什么偏偏没有摸过阿小的手
这就暴露了我的蹊跷
越是心爱的东西越是珍视
真是这样的吗
我的阿小
那么我就算有了一点点的骄傲
雷声隆隆地从坡顶上滚过
一群蚂蚱在草丛里溅着
雷声是云层上什么车辆在奔跑
要接远处的阿小吗
还是一台石磨在转动
轧碎着我数年数月的烦恼
呵，春天的雨落下来了
沥沥淋淋地下了个饱
我翻坐在坡地上
却奇怪刚才我去过的地方
是在做梦了
还是刚才是真的现在才是梦觉

如果刚才那个地方是真实的

那我是什么时候曾经去过

如果现在是在梦觉

梦中的事我怎么又是完全经过

我问着小狗阿小

阿小浑身精湿不回答头也不摇

我终于明白

刚才的现在的都是真的

是现实那就是今生的经历

是梦境那就是前生的经历

两个经历便构成了我存在的内容

这一切我都需要

阿小走了

小狗也就是阿小

醒来的是睡着的梦

睡着了醒来就是梦

我仰着脸

在阳坡上微笑

我从阳坡上走掉了

走掉的还有我的小狗阿小

二月里地气是上升的

四肢发困

活跃的是大脑

是淅淅沥沥春雨里抽茎发叶开花的一片小草……

一九八六年春天

单相思

世界上最好的爱情

是单相思

没有痛苦

可以绝对勇敢

被别人爱着

你不知别人是谁

爱着别人

你知道你自己

拿一把钥匙

打开我的单元房间

一九八六年春

无　题（之二）

树叶子黄了

一片一片脱落

树下是一个少年

在叫卖着：

"饸饹——！"

"饸饹——！"

下了夜班的人路过

都停下看一看

说是抹布太脏

洗涮水灰浊

走了

还留一堆数落

"饸饹——！"

"饸饹——！"

呼不来的饥饿

呼不出的寂寞

火热情了又冷却

少年靠在树上

焦虑得到了解脱

笑了笑
捡一片地上的叶子
叶子上写着秋色

说
话

一九八六年

我的眼睛有了特异功能

我生了一场大病
病好后却产生了特异功能
我能透过衣服看见人的肉体
我能透过肉体看见人的心肺肝肾
这功能使我异常兴奋
我可以比任何中医西医高明
我可以比任何仪器都能诊断疾病
人们那时多么欢呼我呀
说我是华佗再生
我也自感到我活着的重用
我得意地在大街上走
我希望为所有人解除苦痛
对那些熟悉的陌生的
我看见的再不是笑笑的面容
我看见的再不是窈窕的体形
我看见的再不是漂亮衣服项链戒指眼镜
看见的人都不健康
不是坏了这个部位就是那个部位
看见的全不是人

是一群骨骼来去匆匆

我相信我的一片真诚

我相信我眼睛的功能

但我对着所有人指出他们的毛病

说得多了他们却说我犯了神经

外边的人讥嘲我

连我的父母妻子儿女也对我疑心重重

他们照样无动于衷

生活得更心安理得更大方雍容

我倒成为一个小丑了

说这说那是饭碗中的蛆虫

我再在大街上走

我就再不敢睁着眼睛

夜里睡觉也尽做着噩梦

我从此再也不敢出门

与家人也分居了单身独影

可我毕竟还是人呀

我只有在人与人之中才能存生

我竭力想交结三朋四友

但人们一见我就避

骂我是疯了成心捣乱人生

我的门窗被人贴上了咒符

我的房子四周也被插上了桃木楔梗

当我再一次在大街上出现

立即所有的人在喊：

"让他永远不要看见我们

挖掉他的眼睛！

挖掉他的眼睛！"

一九八六年一月

广岛的老鼠

——并非攻击人的一则寓言

一

一场灾难
广岛上的老鼠
差不多全死了
留下来的
没有几只
从此成了精

二

地球是活人的地方
也活老鼠
人会写历史
老鼠就是丑恶
于是有猫
异化了的老虎

为着谄媚人

对老鼠大开杀戒

猫和老鼠

在斗着

猫嫌老鼠多吃了粮食

猫就把老鼠吃了

善和恶该怎么说?

平均分配着存在

这就是生活

三

一颗原子弹

人死了

猫死了

老鼠也死了

一切都没有

一切安静

几个人从死亡里又爬出来

几只猫也爬出来了

还有几只老鼠

也活了下来

大难中

谁碰着了谁

都是同情

从此人知道怎么活着

废墟上重新盖了大楼

楼上的猫再不吃老鼠了

只做人的玩物
世界上有了谚语：
人吃七分粮
鼠吃粮三分
人活着
老鼠也就活着
一切该活的
都活

四

老鼠还叫老鼠
这是人给起的名
有一日老鼠比人生养得多了
人或许还要使用猫
广岛上的老鼠
毕竟又是成精了

一九八六年三月

《空白》后记

　　我更多的是写小说和散文，最倾心的却是诗；并不故作多情，我读诗的时候，确实身心极易处于激动。但是，诗如火一样耀眼而令我难以接近，时时虽在写，却不敢公开于世，全是为某位朋友所写，为某宗事所写，为某处山水所写，情得导泄了也便心灵平衡安妥罢了。我只是傻想：中国人感知和把握世界是整体论的意识，诗则贯通其中，是有意而无形的；今生就是做不了诗人，心中却不能不充盈诗意，活着需要空气，就更需要诗啊！

　　偶尔受人怂恿，拿出一首两首发表了，我可敬可亲的诗人们多给以鼓励，甚至又逼我整理诗稿编一个集子。天呀，这多么让我兴奋和惶恐！但一边整理，一边老产生疑惑：这是诗吗？这像诗吗？朋友说："你觉得像诗的时候，那才真不是诗了；诗是心之曲，能看见你的心就是了。"真是这样吗？可以吗?！

　　那么，说明一下，这个集子的诗最早写于一九七六年，截止于一九八六年春，总共十年。所选的诗，其中有抒情的，有叙事的，除个别篇章外，全属为具体人、事所写。在此番收集整理中，恕我更换了一些题目，而出现有人名时又以××代替了，我想读者是不会骂我这样做不高雅的，当事的人也不会怨我太唐突吧！

　　编这本诗集，我最要感激的是老诗人邹荻帆同志，是他给了我这种勇气；我只是说，我现在还不是诗人，但我从今往后，力争去成为一个诗人。

　　一个哲人说过：收获麦子的时候同时收获到了麦草，收获到麦草并不否定去种麦子。我是拿了板斧到鲁班门前来舞的十足的无知无畏的小子。但既然诗人们在山林中挖出了我这个小坑，祈愿这个小坑沁出一泓泉水来，也能在风清夜静之时，反映出天上的那一柄弯月和两颗三颗大而亮的星子。

一九八六年春

随手写下的短句

（诗集）

我和你

你有多高的山
我就有多深的沟

你有云
我有水

鸟是鱼的影子
鱼是鸟的轮回

总有一天
你的桶掉在我的井里。

二〇一九年六月十二日

无 题

茶碗渴着
蜡烛要烧死

树上掉下了一颗苹果
蚂蚁坐着草叶过河

好大的云啊
我想摸摸。

二〇一九年一月十二日

光　棍

推开门
都是黑

风在凿窗
老鼠不停地咬噬箱底

还是那面墙
涂抹了我多少孩子？

二〇一九年一月十二日

鳄　鱼

我也是鱼
哪儿都不去
就潜在渡口

你们到处去跑吧
吃最好的草
我吃你们

二〇一六年六月十二日

故　乡

我的父母去世了
生我的那个土屋也坍了
祖坟在修铁路和高速路时迁埋了两次，
和我曾经在一个生产队劳动的男女剩下不到五人
村子变成了旅游小镇
插秧割麦的地方已经是一条街市
记得毁坏的族谱上最后一页还写着我的名字，
后边再无法续写，因为后辈们分散在打工的各个城市

没有了故乡
我再没有了故乡
如果失败了还往哪里隐遁
衣锦也没有回去的意义
我是从哪儿来的
没有了证据
我是怎么过来的
水泥路上再也看不到足迹

我回去后镇政府在接待一位名人

没人理会我是那个地方的儿子
虽然我还是方言土语问这问那
回答的都是普通话
他们越是热情
我越是一个来客
只有坡根那棵二百年的柿树还在
今年再没有结一颗柿子

石磨一扇一扇铺开来
是一道奇特的导游线
一条鱼从河里捞起
再也回不到河里
不到二十岁逃离了农村
我只说是一生最大的荣幸
快七十岁了却失去了故乡
才明白是这个时代最大的悲怆

二〇一九年六月十六日

自 我

你是一朵花开在了垃圾堆上
你是一株毛松长在了土坯房上
不就是下了一颗蛋吗，鸡叫声连天
风筝飞得再高
谁都知道下边有人在掌握着一条线

我是打麦场的草垛
我是燎原起来的烟
河床上的沙是凝固的大水
被冰雪覆盖了的
仍是等待再次喷发的火山

二〇一九年

等 待（之一）

当别人在赛场上游戏
我是在战场上搏命

二十五岁时我见到了我的新娘
这一天，却是四十年的等待

太阳在黑色的夜里煮成
麦粒是根系把全部的水分举在了头顶

神鬼从天上下来了
父母从地下上来了

书房就建在山巅，
所有的草木摇曳成风。

二〇一九年十月三日

等　待（之二）

等待是黎明前的黑暗
等待是火山口上的冰层
等待是产房门外的爹
等待是已挂在半空的钟

一河水都成了沙子
呼吸死亡在了喉咙
时钟在咔嚓咔嚓地走
佛眼睁开了看着众生

二〇一九年十月五日

开 花

白天是白天的白
黑夜是黑夜的黑
为了另一种颜色
我开了一朵花

田埂上有着牛羊
沼泽里蚊声轰然如雷
我的身体就是我的天气
整个草原都知道了我开着的疼

风终于来了
我准备怀孕

二〇一八年八月十六日

二〇二〇年新冠肺炎疫情中度过立春日

封了门
不准出去
戴上了口罩
不能说话

我们都是有毒的人
被捉拿住
这个城就死了
只有窗外的鸽子在飞。

得　失

走失太久，
终于找着。
一半对上一半了，
绳索无关于你我。

太阳是吊下来了吗？
田野一样地软和。
麦苗，麦苗，
拔节声在行云里响遏。

二〇二〇年四月八日